光文社文庫

文庫書下ろし

それぞれの陽だまり

日本橋牡丹堂　菓子ばなし(五)

中島久枝

光文社

この作品は光文社文庫のために書下ろされました。

目次

素人落語のみやげ菓子　5
飴の甘さと母の想い　71
煉(ね)り切(き)りの淡い夢　135
『道成寺(どうじょうじ)』の桜、『石橋』の牡丹　191

素人落語のみやげ菓子

一

朝早い鳥たちがしきりと鳴いている。

いつの間にか桜が散って、若葉の季節になり、小萩は昨日、今年初めての燕を見た。

忙しさにかまけているうちに、桜の季節は過ぎた。

毎年、花見の季節は菓子がよく売れる。その上、今年から西国の大名、山野辺藩からの注文が来た。さらに伊勢松坂とのあれこれがあって一時離れていたお客もたくさん戻って来てくれた。

それはうれしいことだが、親方の徹次と十六歳になる息子の幹太、留助と伊佐の二人の職人、十八歳になる小萩がときどき加わって回している仕事場は、たちまち手一杯になってしまった。今までは将棋だ釣りだとのんきに隠居暮らしを楽しんでいた弥兵衛も駆り出されるほどである。

見世の方はおかみのお福と小萩で守っているが、こちらもひっきりなしにやって来るお客の応対に追われている。牡丹堂（ぼたんどう）のみんなが「おかみさんの大奥」と呼んでいる三畳で、近所のおかみさんたちの悩みや愚痴を聞いて相談にのっているお福だが、このごろはその時間もとれなくなってしまった。

二十一屋は日本橋の浮世小路（うきよこうじ）にある菓子屋である。菓子屋（くわしや）（九四八）だから足して二十一という洒落（しゃれ）で、のれんに牡丹の花を白く染め抜いているので牡丹堂と呼ぶ人もいる。大福から風流な茶席菓子まで扱い、味と姿の美しさには定評があるが、総勢七名の小さな所帯だ。

小萩はつきたてのお餅のようなふっくらとした頬に黒い瞳。小さな丸い鼻。美人ではないが愛らしい顔立ちの娘である。

江戸の菓子に憧れ、自分でもつくれるようになりたいと鎌倉のはずれの村からやって来て二年。少しずつ菓子を習い、職人とはひと味違う、小萩ならではの菓子ができるようになった。袋物屋の隠居の茶話会（さわかい）の菓子を考えたことが縁で、ぽちぽちと菓子の依頼が来はじめている。

朝餉（あさげ）の席で、親方の徹次がたずねた。

「今日は何の注文が入っていた？」

「羊羹が五十、紅白饅頭が百、茶席菓子が三十、ほかに……」

伊佐が答える。

小萩はご飯をよそったり、汁のお代わりを持って行ったりしながら、耳は徹次の言葉に集中している。

「山野辺藩からお呼びがかかっています」

伊佐が言うと、ひとり、のんびりと飯を食べていた旦那の弥兵衛が「ああ、それはわしと小萩で行く」と答えた。

「いいな」と弥兵衛が小萩に念を押す。

小萩は「はい」と答え、みんなに分からぬよう、小さくため息をついた。

山野辺藩は西国十万石の大名である。その江戸屋敷のお出入りを許された。たいへんに名誉なことだし、たくさんの注文をいただくからありがたい。

だが、やはりお武家様だから、あれこれと気をつかう。

商家のように小僧さんが注文を持ってきてそれで終わり、というわけにはいかない。毎回、江戸上屋敷にうかがって台所役に会い、注文を承る。ときには、一度見世に持ち帰って相談し、見本をつくって届けることもある。

最初は親方の徹次が伊佐や小萩を連れて行っていたが、職人肌の徹次は口下手のせいかどうも塩梅（あんばい）が悪い。世慣れた弥兵衛の出番となった。

だが、一ツ橋にある山野辺藩に行くとそれだけで半日が終わる。行くにも時間がかかるし、お武家様だから格式が高い。挨拶からなにからすべてに時間がかかるのだ。その間、小萩は弥兵衛の後ろで控えている。弥兵衛とともに頭を下げ、挨拶をするが、意見をたずねられることはない。ただ、座っている。弥兵衛ひとりでは恰好がつかないので、後ろでだれか控える役がいるらしい。

しかし、小萩にしてみればその時間がもったいない。仕事場を手伝いたい。みんなの役に立ちたいし、少しでも菓子のことを覚えたい。いっしょに羊羹の煉（ね）り方を教わった幹太が、最近はいっぱしの職人のような顔をして桜餅の皮を焼いていたりするのを見ると、少し、いや大いに焦る。自分は一体何をしているんだろうと考えてしまう。

そんな思いに沈んでいるとき、まだのれんも上げていない入り口の方で声がした。

「朝早くからごめんなさいね。ちょいと、お宅にお願いしたいことがあるんだよ」

小萩があわてて見世先に出ると、同じ浮世小路の瀬戸物屋のおかみさんが立っていた。早口でたたみかけるように言う。

「すっかり忘れていたんだけど、今日、寄り合いがあったんだよ。それでみやげの羊羹、手ぶらで帰すわけにはいかないから、なんとかお願いすると、頭を下げる。

「それはお困りでしょう。わかりました。なんとか、間に合うように準備します」と約束をした。

すぐにお福もやって来て、
ご近所のことだから、むげにはことわれない。

番頭に言づけたつもりだったが、忘れていた。今朝になってようやく気がついた。

五十棹、お願いできないかねぇ。夕方でいいんだよ」


みんなのいる板の間に戻って来ると、幹太が徹次に頼みごとをしているところだった。

「だからさ、俺にも羊羹をつくらせてくれよ。大丈夫だって。ちゃんとやり方は頭に入っている」

「ああ、わかったよ。だけど、一人ってわけにはいかねぇからな、伊佐、おめぇついて見ていてくれ」

幹太はにやりと笑って、伊佐の脇腹をつつく。

きっと立派にやり遂げるだろう。そうやって実際につくって数を重ねて身につけていくのだ。

小萩はまた一つ、取り残されたような気がした。

小萩はよそ行きの着物に着替え、弥兵衛とともに山野辺藩上屋敷に向かった。

日本橋から神田を抜けて御城の外堀沿いに歩いて一ツ橋に至る。

山野辺藩は十万石だから大大名というほどではないそうだが、ぐるりと高い石垣塀で囲まれた屋敷は広く立派で、小萩はいつも圧倒されてしまう。裏門を守る門番に用件を告げて中に入った。木立の中の道を通り、裏口に着く。出て来た女中に伝えると、部屋に案内された。

毎度のことだが、部屋に入ってからもずいぶん待たされる。

ようやく台所役が現れた。

台所役首座の井上三郎九郎勝重（いのうえさぶろうくろうかつしげ）は老人と言っていい年齢で、やせて鶴のように首が長い。もう一人は補佐の塚本平蔵頼之（つかもとへいぞうよりゆき）で年は四十歳ぐらい。背が低く短く太い猪首（いくび）をしている。

「このたびはお声をかけていただきまして、ありがとうございます」

平伏して弥兵衛が口上をのべる。

それがすむと、時候の挨拶である。

「青葉若葉のうるわしい季節、みな様におかれましてはなお一層のご活躍のことを拝察いたしております」

弥兵衛は世辞を加えることも忘れない。

「こちらはお庭が広いとうかがっておりますから、さぞやきれいなことでございましょう」

「殿と奥方は庭を見るのを楽しみにしている。植木の種類もたくさんある。ずいぶんめずらしいものもあると聞く」

もっぱらしゃべるのは頼之の方である。最初のころはにこりともしなかったが何度か顔を合わせるうちに少しは心が通じたのか、やわらかい表情をするようになった。

弥兵衛はたくみに相手の喜ぶ話題に持って行く。

なにしろ大名家のことである。あまり立ち入ったことを聞いてはいけないし、さりとて何も知らないというのはまずい。その匙加減が難しい。

堅物の職人で口の重い徹次は、それが大の苦手だ。

しかも、台所役が出てくるまで待たされる上、時候の挨拶だのなんだので本題に入るまでに半時はかかる。早く仕事に戻りたい徹次はいらだつのである。

伊佐と小萩だけで行ったこともあるが、台所役の受けが悪い。軽んじられたと思うらしい。

それで、弥兵衛に小萩がついて行くことになった。隠居しているとはいえ、二十一屋をはじめた男である。菓子づくりの名人としても知られている。

台所役は機嫌がいい。

「いやいや、ふだんは若い者に任せておりますが、こちら様のような大事なご注文は年寄りが出てまいりませんとね」

弥兵衛が言うと、さらにうれしそうになった。

季節の話題も一通り済んで、いよいよ本題となった。

「このたび茶会を催すことにいたしました。つきましては茶席菓子をお願いしたい」

日時に茶会の趣旨、どのような方がお客として来るのかを確かめているうちに、さらに半時はかかった。

いよいよ注文がまとまったと一安心していると、これまでずっと黙っていた勝重がおもむろに口を開いた。

「ところで先般から伝えているが、揚げ饅頭に代わる新しい菓子というのは進んでいるかな?」

山野辺藩のお出入りを決めたのは、揚げ饅頭である。

饅頭の生地で凍らせたあんを包んで、表面に白ごまをまぶしごま油でからりと揚げている。食べると、中のあんがとろりと出てくる。

やわらかいあんを凍らせて包むというのがミソだが、春になって氷がはらなくなったのでその技は使えない。揚げ饅頭は次の冬までつくれないのだ。

弥兵衛は落ち着いて答えた。

「あと、もう少しでございます。いろいろ面白いものが出来ておりますが、あと一歩、これだという決め手にかけます。かならず、ご希望に沿えるようなものをお目に掛けますので、もう少々お待ち下さいませ」

新しい菓子の影も形もないのに、すぐにもできあがりそうなことを言った。

勝手に約束して、大丈夫だろうか。

「そうか。次には見せてもらいたいものだな」

「かしこまりました」

弥兵衛は請け合った印に頭を下げる。

後ろに控えている小萩は心配でどきどきしてしまった。

牡丹堂に戻る途中、小萩はたずねた。

「さっき、次の菓子はもう少しでできあがるとおっしゃっていましたけれど、旦那さんには何か考えがあるんですか？」

「なんにもねぇよ。それは、わしじゃなくておめぇたちが考えることだろう」

さらりと答えた。

「だけど、それじゃあ……」

台所役は待っている。どうするのだ？

「なんとかなるもんだ」

弥兵衛はすましている。

「でも……」

弥兵衛は足を止めて、小萩を見た。

「時間がたっぷりあるからっていい案が出るってもんじゃねぇんだ。尻に火がつきそうになって、もうぎりぎりってところで面白いもんが浮かんだりするんだよ」

道端に黄色いたんぽぽの花が咲いていた。しじみ蝶が二羽、ふわふわと飛んでいる。小萩の気持ちとは裏腹に、うららかな日差しがあたりに満ちていた。

「小萩には、なんか考えはないのか」

「はあ」

小萩は答えに困った。

「おめぇ、江戸に来てどれくらいになる？」

「二年です」

「それでなんにもないのか……。しょうがねぇなぁ。わしが台所役と話をしているとき、何を考えていた？　ぼおっとしてたんだろ。いつも菓子のことを考えているから職人なんだ。このお屋敷だったら、どういうお菓子が喜ばれるかなと考えるんだよ」

「分かりました」

後ろで控えているだけの役と思っていたのは、小萩の大きな勘違いだったらしい。

弥兵衛はちらりと小萩の顔を見た。「本当に分かっているのか？」という顔をしている。

しばらく二人は黙って歩いた。空高くで鳥が鳴いている。

「小萩は職人としては半人前、いや、それ以前だ。しかも女だ」

弥兵衛は言いにくいことをはっきりと言った。

「だから、ずいぶん得をしていると思わないか？」

「そうなんですか？」

「当たりめぇじゃねぇか。世の中に腕のいい菓子職人はたくさんいる。でも、小萩はひとりしかいねぇ。おめぇにしか考えられねぇことがあるだろ。そいつを大事にしな」

「はい」

「男の職人が考えつかないことを考えろ。気づかないことに気づけ。職人ってぇのは頭が固いからさ、大福ばこういうもん、羊羹はこういうもんだって思っている。その隙間を狙うんだな。それは小萩にしか考えられない。それをつかんだら、見世がはれるな。江戸で生きていける」

「はぁ」

江戸の商いは難しい。

運と勘に恵まれて財をなす人がいる一方で、消えていく見世も多い。

小萩は菓子を習う、自分でもつくりたいという、ただそれだけの思いで江戸に出て来た。

自分の見世を出すなど考えたこともない。

「それぐらいのこと、考えなくてどうする?」

弥兵衛はにやりと笑った。

山野辺藩で新しい菓子を待っているということは、弥兵衛からすぐに徹次に伝わった。

昼の話題はもっぱらそのことになった。

「そんなこと言ったって、考える時間がねぇよ」

幹太が口をとがらせた。

「いっぱしの口をききやがって。時間があるからいいもんができるってわけじゃねぇんだ」

弥兵衛がさっきと同じことを言った。

「揚げ饅頭は奥の方々は町場の味を面白いとめずらしがるってことで考えたけど、次もそんなのがいいんですかねぇ」

伊佐が冷静な様子でたずねた。

「どうだろうなぁ。まったく違うのでもいいし……」

徹次が首を傾げた。

「手の込んだ羊羹とか……」

言いかけた留助は、あわてて言いなおした。

「だめだ。ますます忙しくなる。こっちの首をしめちまう」

「となると、あんまり手間はかからなくて、今までにない、奥の方々に好まれるような菓子ってことか。よし、それで考えてみよう。だれでもいい。思いついたら紙に書くなり、見本をつくるなりして俺に見せてくれ」

徹次がまとめた。

幹太が目をくりくりさせてあたりを見ている。どうやらやる気満々らしい。

小萩がお茶を持って行くと、弥兵衛と目があった。

「おめぇも考えろよ」と言っているように見えた。

昼過ぎ、小萩が見世にいると、商家のおかみさん風の女がやって来た。

「お宅はいろいろ菓子を考えてくれるって聞いたけど、頼まれてくれるかねぇ」

早口でたずねた。五十過ぎで腕は太く、顔は丸々として、陽気な感じがした。

「どんなことでしょうか？」

小萩は聞き返した。女は下駄屋のおかみで、小萩が袋物屋の茶話会にあわせて菓子を用意した話を聞いてやってきたという。

「亭主が落語会をするんだよ。素人(しろうと)の噺(はなし)を聞いてもらうんだ。帰りには手みやげくらい持たせないとね。夕方からはじめてお開きになるのは夜だから、餅菓子じゃなくて次の日にも食べられるものがいい。酒好きも多いから、酒のあてになるようなものがあるといいね。数は二十。できるだけ安くね」

下駄屋のおかみさんはあれこれ希望を言うと、帰っていった。

「こういう注文をいただきました」

小萩が仕事場に行って告げると、羊羹を煉っていた幹太が振り向いた。

「面白いじゃねぇか。落語会か。楽しい菓子がいいんだな」

「ご亭主は何を話すんだって？」

幹太といっしょに羊羹を煉っていた伊佐がたずねた。

「『あくび指南』だそうです」

小萩が答えると、「あくびの仕方を習いにいく噺だろ。そりゃあ、洒落が利いているや」と砂糖を計っていた留助が笑った。

習い事が好きだが、何をやっても上達しない男の話だ。こんどは、あくびの仕方を習うという馬鹿馬鹿しい噺である。もしかしたら、下駄屋の主人もへたの横好きのほうかもしれない。

「しかし、このままじゃあ、本当に手が足りなくなるなぁ」

徹次がつぶやいた。

徹次はすぐに臨時の職人を紹介してくれるよう口入屋に頼みに行った。

「いい人がいるから、すぐによこしてくれるそうだ」

機嫌よく帰って来たので、みんなどんな人が来るかと心待ちにしていた。

一時ほどしてやってきたのは、威勢のいい若い男だった。成田の大きな菓子屋にいたと言った。

徹次とお福で話を聞くことになった。

小萩が座敷にお茶を持って行くと、二人を前に男が話をしているところだった。

「大福なら大得意。まかせてくだせえ。とにかくね、成田不動があるでしょ。毎日、お客がすげぇんだ。そういうのに慣れてますから」

「うちは大福だけじゃなくて、羊羹も饅頭も、上生菓子もつくるんだ。そっちのほうはどうなんだい？」

徹次がたずねた。

「ああ、ですからね。あっしが大福をつくりますから、ほかはみなさんで」

男は繰り返した。どうやら大福しかつくれないらしい。男が帰った後、お福はため息交じりに言った。

「大きな見世だと、専門にそれだけをつくっている職人もいるんだよ。いくら大福が得意でも、それだけっていうのはねぇ」

別の人を紹介してもらうよう、小萩は口入屋に走った。

次に来たのは、やせて貧相な顔をした男だった。

「前は、自分の見世をやっていたんだって？」

お福は紹介状を見てたずねた。

「ええ。板橋（いたばし）でそれなりに商いをしていました。親父がはじめた店でね、饅頭（まんじゅう）に羊羹、大福、春は桜餅に柏餅（かしわもち）、秋は栗羊羹と一通りはやっておりやした」

なかなか良さそうだと思いながら、小萩はお茶を出した。

「それで板橋の見世はどうして閉めてしまったんだ？」

徹次がたずねた。

「去年の冬、もらい火で焼けてしまったんでさ」

「それはお気の毒にねぇ」

お福が言った。

「ええ」

そう言った途端、男は大粒の涙をこぼした。

「今でも火を見るとおっかなくて。ですから、火のないところで仕事をさせていただきたい」

それは無理だ。

また、小萩は口入屋に走った。

「だいたい、おたくは注文が多いんだよ。そんなすぐ役に立つ、腕のいい職人ならどこの見世だって放しゃしねぇよ」

口入屋の手代に断られてしまった。

戻って徹次に伝えると、徹次はあきらめ顔で言った。

「もう、いい。わかった」

考えてみれば口入屋の言う通りだ。すぐにやって来て、思うように働いてくれる、そんな都合のいい人がいると思ったこちらの考えが甘いのだ。

そんなわけで、助っ人を頼むのはあきらめた。と思っていたら、夕餉のときにお福が言った。

「明日から、奥の仕事を手伝ってくれる人が来ることになった。川上屋のお景さんの紹介だ。そうすれば、あたしも見世の仕事ができるし、小萩も動きやすいだろ」

お景は日本橋の呉服屋、川上屋の若おかみで、二十一屋のお得意さんである。

お福の頼みをきいて、顔の広いお景が牡丹堂にぴったりの人を見つけてくれたらしい。

二

翌朝、いつもの大福づくりが終わって小萩が台所に行くと、三十くらいに見える女の人がいた。

「勝手だと思いましたけれど、ご飯を炊いて汁をつくっておきました」

はきはきと歯切れのいい言葉で言った。

それがお景の紹介でやってきた須美だった。

以前、お貞さんという中年の手伝いの人が来ていたから、小萩をはじめ、幹太や伊佐は年のいった人だとばかり思っていた。

「えっ、もう、お手伝いの人が来てるの？」

幹太がやって来た。大声を上げたので、伊佐や留助もやって来た。徹次と弥兵衛も姿を現した。

「よろしくお願いします」

須美はていねいに頭を下げた。

「きれいな人だなぁ」

幹太が小萩にだけ聞こえるような声でささやいた。

須美の鼻はまっすぐで瞳は黒く、長く濃いまつげで縁取られている。芯の強そうな顔立ちだ。やせているが、背が高くて骨がしっかりとしていそうで手足が長い。元気の良さそうな人だった。

「しかし、でっかいよ」

留助が小さな声でささやいた。ずんぐりとした留助と並ぶと須美の方が頭半分くらい大きい。

「姿勢がいいねぇ。何か習い事をしていたのかな?」

弥兵衛がたずねた。

「薙刀(なぎなた)を少し」

須美は恥ずかしそうに答えた。

「へぇ、薙刀かぁ」

留助が感心したように言った。

「子供の頃、兄が町の剣道場に通い始めて、私も習いたいと言ったら女だから薙刀がいいだろうということになって、先生を紹介してくれたんです。でも、ほんの手習いですから」

須美は頬を染めた。

ほかに、書道もずっと先生について習っていて、かなりの腕前であるそうだ。掛け紙などに文字を書くことの多い菓子屋にはありがたいことだ。

さっそくご飯になった。須美の炊いたご飯はふっくらとやわらかく、わかめと豆腐の汁も塩加減がちょうどよかった。いわしの煮つけもいい味だった。

「うまいなぁ。小萩のみそ汁もうまいけど、須美さんのも好きだ」

幹太が言う。

「そうだなぁ。ていねいに包丁が入っているよ」

　留助も言う。小萩の料理は味つけは悪くないが、切り方が少々雑だ。

　煮物の野菜の大きさがばらばらになってしまうのはいつものことで、たくあんは下になった皮が切れていないので、一枚取ろうとすると、みんなくっついてきてしまう。

　それにくらべると、須美の料理は手際がよく、仕上がりもきれいだった。

　朝餉の後の洗い物は小萩と須美でした。井戸端で並んで座った。

「須美さんはどこのお生まれなんですか？」

「そんな、ていねいな口をきかないで。これから、ここでお世話になるんですから。どうぞ、よろしくお願いします」

　改めて須美は小萩に頭を下げた。

　須美は江戸川橋（えどがわばし）の生まれで、今年三十二になる。実家は田丸屋（たまるや）という判子（はんこ）屋だ。

「じゃあ、江戸生まれなんですね。いいなぁ。私は鎌倉といってもはずれの村からお菓子を習いたくてこっちに来たんです。見世の手伝いをしながら、少しずつお菓子のことを教えてもらっていて」

「それは素敵ねぇ。小萩さんは頑張り屋さんなのね」

　手早く皿を洗いながら須美が言った。

「須美さんは、今まではどこかのお見世にいたんですか？」

「私？　この二年ぐらいはいろいろなところでお手伝いをしていたの。十二年前に浅草の天日堂（てんじつどう）という仏具屋さんに嫁いだんだけれど、いろいろうまくいかなくて二年前に実家に戻ったのよ。親不孝な出戻り娘なの。世間体が悪いって父は怒るし、兄夫婦にも気をつかわせちゃうから、今は日本橋の長屋で暮らしているわ」

むしろさばさばとした調子で身の上を語った。小萩は何と答えていいのか分からなくなった。

「そうだ。洗い物が片付いたら、仕事場を見ますか？　みんなが仕事をしているところを見るのは、面白いですよ」

「そうね。うれしいわ」

須美は明るい目をして言った。

仕事場をのぞくと、徹次が上生菓子を仕上げ、留助は羊羹を煉っていた。伊佐と幹太は黄身時雨（きみしぐれ）にとりかかっていた。

「あそこがかまどであんを炊いたり、羊羹を煉ったりする。真ん中の台は煉り切りやきんとんなどをつくるの」

須美は仕事場の端に立って、小萩の説明を熱心に聞いていた。

「そんなとこに立ってたら、よく見えないだろ。もっと中に入って来ていいぞ」

徹次が言った。

「今つくってるのはきんとんだ」

新緑の山にぱっと目をひく紅色のつつじの花が咲いている風情をあらわしたもので、全体は緑に染めたそぼろ状のあんで、三か所ほど紅色のそぼろあんを散らしている。

徹次は手の平に丸いあん玉をのせると、馬の毛のこし器で細くこし出した緑のそぼろを箸でつまんで、すっすっとのせていく。紅色のそぼろをつけると、ころんと丸い毛糸玉のようなかわいらしいきんとんの姿になった。

「まぁ、きれい。それに手早い」

須美は目を見張った。

「今、手にしている箸はご自分用ですか？」

「そうだよ。焼き印や菓子の木型は共用だが、上生菓子をつくるときのへらや箸はそれぞれが使いやすいように削ったり工夫している」

徹次が答えた。

「俺のはこれだよ」

幹太が自分の箸を高くあげた。

「やっぱり職人さんは道具を大事にしているんですよね。私の父は判子職人なので道具は大事にして、絶対他人(ひと)には触らせないんです。木を削る刃物は大きいのから小さいのまで何種類もあるんです。それが、きちんと決まった場所に置いてある。手を伸ばすと、そこにあるということでないと気持ち悪いと言うんです」

「俺も同じだ。職人はみんなそうだ。親父さんはさぞかし腕の立つ職人なんだろうな」

徹次が感心したように言った。

「兄の代になりましたが、今でも名指しで来るお客さんが何人もいます」

須美は少し得意そうに答えた。

「うちも木型や焼き印はいろいろあるんだよ。見るかい？」

徹次は引き出しを開けて、落雁(らくがん)や生菓子をつくる木型を見せた。二枚一組になっていて、間に干菓子(ひがし)や煉り切りの生地を入れて使う。

「この木型は桜、こちらは梅。これは、はね鯛と言って鯛が反(そ)り返っている姿でおめでたいものだ。菓子の出来のよしあしは木型で決まるんだ」

「でも、いくら木型がよくても、職人の腕がなければいい菓子にはならないでしょう？」

須美の言葉に徹次はうれしそうにうなずいた。

「そうなんだ。木型をつかうときは、分量が大事だ。材料が多いと木型からはみ出してしまうし、少なくてもだめだ」

須美は熱心に耳を傾ける。

職人肌で気難しいところのある徹次がそんな風に熱心に語るのを、小萩は初めて見たような気がした。


昼餉のとき、汁を飲みながら弥兵衛がぽつりと言った。

「やっぱり部屋が片付いていると気持ちがいいなぁ。わしは余計なものが出ているのが嫌いなんだ」

「そうだなぁ。引き出しの中がごちゃごちゃしていて気になっていたけど、さっき見たら片付いていた」

ご飯を食べながら伊佐が続ける。

「はさみもろうそくも、いつも同じ場所に入っていると分かりやすくていいな」

いわしの煮つけを口に運びながら幹太もうなずく。

「なんだよ、あんたたち。そう思うんだったら、自分で片付けたらいいだろ。こっちは見世をやったり、お勝手をしたりして忙しいんだから」

お福が文句を言った。じつは、お福も片付けが上手なほうではない。

「いやいや、そうじゃなくてさ。物の場所を決めろと言っているんだ。出したら、同じ場所にしまう。それだけでいいんだよ」

弥兵衛が言う。

「そっちの方が手間がかからないんだよ。須美さんが片付けてくれたのか？」

徹次がたずねた。

「ええ。ご迷惑かと思ったのですが、実家では父からいつもうるさく注意されていたので」

須美が答えた。

「いやあ、迷惑なんてとんでもない」

徹次の言葉に、その場にいた男たちはうなずいた。

小萩は気づいた。

この家の男たちはみんな職人なのだ。使った道具は片付ける。出したら、同じ場所に戻す。それが身についている。

だから使ったものがいつまでも出ているとか、引き出しの中がごちゃごちゃしていることが気になっていたのだ。

「すみません。私も気をつけます」

そう言った小萩の眉は八の字になっていた。みんなが須美ばかり褒めているような気がしたのだ。

「あ、いやいや。小萩のことを言っているわけじゃないからね」

弥兵衛がとりなすように言った。

夕方、小萩が井戸端で洗い物をしていたら、裏で幹太が薪割りをしている音が聞こえてきた。

ガン、ガチン、ペチン。

いつもながら、へなちょこの音だ。

そう思っていたら、途中から音が変わった。

カラン、カタン、カラン。

乾いた気持ちのいい音だ。

のぞきに行くと、須美が薪を割っていた。

「えい」

掛け声とともになたを落とすと、薪は音をたてて割れ、地面に転がった。

須美は自然な動きをしている。なたを持ち上げ、すとんと落とす。

なたの重さで薪は割れる。

「すげえなぁ。見てみろよ、おはぎ。薪がすこん、すこんて割れている。俺と全然違う」

幹太が感心したように言った。

「手の力で割るんじゃないんです。腕に頼ると疲れますから、なたは背中で持ち上げる。なたの重さで落とすんです」

須美が額の汗をぬぐった。

「須美さん、すごい」

小萩の声で留助と伊佐もやって来た。

「さすがだね。薙刀師範」

留助が手をたたいた。

「動きにむだがない」

伊佐も褒めた。

「嫌ねぇ、みなさん。師範なんてとんでもない」

「でも、段は持っているんだろ」

幹太が目を輝かせてたずねた。

「二段を持っています。でも、薙刀の段位は甘いんですよ。女の人が相手だから」

「有段者かぁ」「さすがだな」「かっこいいなぁ」

留助と伊佐、幹太がそれぞれに憧れの表情を浮かべた。

「かっこよくなんか、ないですよ。お稽古も、十年くらいお休みしていますから」

須美は謙遜した。

なんでもできる人なんだ。

そしてみんなの心をつかんでしまった。小萩はなんとなく、悔しかった。

須美が来たことで、小萩の仕事は楽になった。落語会の菓子を考える時間も持てる。

喜んでいいはずなのに、なぜかうれしくない。むしろ、須美に自分の仕事をとられたような気がする。

須美は素敵な人だ。美人でなんでもできるところは、姉のお鶴と似ている。相談したり、話を聞いてもらいたい気持ちもある。

それなのに、このもやもやした気持ちはなんだろう？

やきもちだろうか。

そのことに気づいて小萩ははっとした。

自分が恥ずかしくて、頬が赤くなった。

次の日、届け物をすませて牡丹堂に戻ると、須美がにこにこしながら出て来た。みんなが食事をする板の間の戸棚を示した。

「片付けたら、まるまる下の段が空いたんですよ。ここに、小萩さんの菓子の道具を置いたらどうですか？　菓子帖とか、筆とか、いろいろあるでしょう？」

菓子帖や筆などいつも使うものは風呂敷で包んでいるが、決まった場所はなく、そのときどき、あちらこちらに置いている。

須美はそれを見ていたらしい。

やさしい人だ。便利になりました、ありがとうと言わなくてはならない。

だが、言葉が出なかった。

朝、伊佐が須美を褒めたのだ。

「ああいう人が家にいてくれるといいなぁ」

他意のない言葉だったに違いない。けれど、小萩は少し傷ついた。

「そういうのは自分で考えますから、私のものはほうっておいてもらって結構です」

たちまち須美の顔がくもった。

「ごめんなさい。余計なことをしました」

「そんなことはないですけど」

ああ、嫌な女だ。

自分でも思う。

でも、口が勝手に動いた。

「私は私のやり方があるんで、大丈夫なんです」

「分かりました。気がつかなくてすみません」

須美が謝った。謝る必要などないのに。


小萩は仕事場の隅で菓子帖を開いた。

亡くなった徹次の妻、幹太の母親のお葉が残した菓子帖だ。

「初虹　今年はじめての虹を見た。幹太喜ぶ」

白い饅頭に五色の線が入っている。

「たけのこ　地面から顔を出しているのはちょっぴり。けれど、土の下は丸々」

どら焼きの皮に焼き印で模様をつけてたけのこに見立てている。

小さな子供を抱え、家の仕事をしながら見世に立ち、菓子をつくっていた。お葉は小萩の何倍も忙しかったはずなのに、こんなに豊かな日々を送っていた。

「ああ、私は器がちっちゃい」

小萩はつぶやいた。

「おはぎ、落語会の菓子のこと考えているんだろ。俺でよければ相談にのってやるぜ」

幹太がやって来て言った。

「今、考えているとこ」

「大丈夫か？　すごい難しい顔をしていたぜ」

「そんなことないわよ」

小萩が答えると、幹太は声を低くした。

「留助さんがさ、おはぎは須美さんが来てから機嫌が悪い。みんなが須美さん、須美さんって持ち上げるから、やきもち焼いているんだって言うけど、そんなこたあねえよな」

気づかれていた。自分では隠しているつもりだったのに。

「こう見えても。俺も伊佐兄（にい）もおはぎのこと頼りにしてるんだから」

幹太はそう言うと、にっと歯を出して笑った。

――本当に情けない。

小萩は自分が恥ずかしくなった。

お福から少しだけ須美のことを聞いていた。

「あの人はなんでもきちんとできるだろ。それでかえってお姑（しゅうとめ）さんに嫌われちまったらしいよ」

天日堂は仏具屋では名の知れた、格式の高い見世だった。一方、須美の実家の判子屋は小さな見世だ。だが、須美は評判の器量良しで、天日堂の跡取り息子の万太郎(まんたろう)に見初(みそ)められ、嫁いだのだ。

須美も婚家になじもうと一生懸命に働いた。料理も掃除も行き届いて、古株の女中たちからも信頼されるようになった。舅(しゅうと)にもかわいがられ、万太郎とも仲睦(なかむつ)まじい。だが、なぜかだんだんと姑との折り合いが悪くなった。姑にすれば自分の居場所が取られた気がしたのだろう。

「まったく困ったお姑さんだよ」

お福は眉をひそめた。

だが、小萩はお姑さんの気持ちが分からないでもなかった。

そんな自分が悲しかった。

その日の夕方、空はきれいな夕焼けになった。

遠くの山は青鈍(あおにび)に沈み、幾重にも重なった雲も空も茜色(あかねいろ)に染まって輝いている。眺めていると、心が洗われるような気がした。

路地の先に小さな空き地があって、そこは空がよく見える。

小萩が行くと、先客がいた。

須美だった。

夕焼けをじっと見つめていた。

大柄な須美なのに、なぜかその後ろ姿が小さく、細く、頼りなく見えた。

「須美さん」

小萩が声をかけると、須美がふりむいた。

「さっきはひどいことを言いました。ごめんなさい。私のために場所を開けてくださったんですよね」

「気にしないでね。こっちが悪いの。いつもでしゃばって余計なことをしちゃうのよ」

須美は笑顔になった。けれど、瞳にまだ悲しみの色が残っていた。

「夕焼けを見てたら、なんだか昔のことを思い出しちゃってね。後悔ばっかりだわ」

それは明るくて元気のよい須美にふさわしくない言葉に思えた。

二人でしばらく黙って空を見ていた。

「須美さんの薪割り、かっこよかったです。きっと薙刀も上手なんでしょうね」

小萩は言った。

「小さいころからお転婆だったのよ。だから薙刀も大好きだった。嫁ぎ先でいろいろあって気持ちが落ち着かなくなると、裏庭で薙刀のつもりで棒を振り回していた。それもよくなかったみたい。姑に叱られたわ」

須美はすっかりいつもの調子に戻って、けらけらと笑った。背筋をぴんと伸ばして前を向いた。その表情には暗さはみじんもなかった。

「小萩さんはお菓子を習いに牡丹堂に来たんでしょ。好きな道に進めるってうらやましいわ。応援しています。私にできることがあったら言ってね」

須美はいつもの明るい顔に戻っていた。

「さっきは本当にすみません。あの戸棚はありがたく使わせてもらいます。須美さんはでしゃばったりなんかしていません。どうしたら人の役に立つかいつも考えているんですね。だから、みんな須美さんのことが好きになるんです」

小萩は言った。わだかまりが消えて、素直な気持ちになっていた。

落語会のみやげは翌日もおいしいものがいいと言われた。となると餅菓子や生菓子は避けたほうがいいだろう。上品な干菓子も落語の雰囲気にあわない。

出し物の『あくび指南』にちなんだものをと思って調べてみたが、どうやら菓子は出てこないらしい。

酒のみにも好まれるものなら、豆菓子か。

菓子帖に黒豆絞りに青えんどう豆の甘煮、おたふく豆を炒(い)ったものと思いつくままに描いてみる。

「落語会の手みやげは何か、考えたか？」

徹次が声をかけてきた。

「豆菓子はどうかなと思ったんですけど……。色が地味なんです」

「どれどれ。そうだなぁ。これじゃあ、居酒屋のあてだよ。菓子屋の菓子じゃない」

小萩の菓子帖をのぞき込んだ留助が言った。

「そういえば、千草屋(ちぐさや)の菓子帖に、派手な色の豆菓子があったはずだ」

伊佐は千草屋の主人から譲られた菓子帖を取り出してきた。

まん中あたりに木升に白紅黄緑茶の五色の豆が入った図があった。

「炒り豆に五色に染めた砂糖ごろもをつけたものらしい」

伊佐が説明した。

「お、きれいだよ。いいんじゃないのか」

幹太が言う。

「京菓子か。多少、日持ちがするんだろ？　こういうものが見世にあってもいいな」

徹次ものって来た。

「つくり方も書いてある」

小萩は図の脇に書いてある説明を読んだ。

「えんどう豆は三日間水に浸し、炭火で炒り上げる。砂糖蜜を少しずつかける。これを五日ほど続ける」

「ひゃあ、五日。だめだ、だめだ。もっと手間のかからねぇもんにしてくれぇ」

留助が叫んだ。

そんなわけで五色豆の案はあっさりと消えた。

「ところで小萩は落語を聞いたことがあるのか？」

徹次がたずねた。

「村にいたころ、お祭りで近所のお年寄りが噺をしました。後からそれが落語だって言われたんですけど」

「どんな噺だ？」

落語好きの留助が話に割り込んだ。

「屋台のそば屋にお客が時間を聞くんです」

「『今、何時か？』ってか？　そりゃあ、『時そば』だ」

「じゃあ、本物の落語は聞いたことがないのか。百聞は一見に如かずだ。下駄屋のご主人に注文の相談がてら、ちょっと噺を聞かせてもらって来い」

徹次が言った。

下駄屋は裏通りの細い路地にあった。一階が見世で男物の大きな下駄や女物の細身の下駄、子供のものまでたくさんの下駄が並んでいる。買えば、その場で足に合わせて鼻緒をつけてくれる。奥の方が仕事場で、職人が木の板を削っていた。なかなか流行っている見世のようで、新しい下駄を買うお客や、下駄の歯が斜めにすり減ったから直しを頼みに来たお客がいて、おかみさんが相手をしている。

おかみさんの手が空いたところで、小萩は声をかけた。

「菓子の注文をいただいた牡丹堂から来ました。落語を聞いたことがないので、どんなお菓子にしたらいいのか、よく分からなくて。ご主人の手が空いていたら、さわりだけでも聞かせてもらえるとうれしいんですけど」

「そりゃあ、熱心なことだねぇ。だけど、あんたみたいな若い娘が聞いても、面白いかねぇ」

大柄でいかにも世話好きという感じのするおかみさんは、少し困ったように言った。仕事場のほうに取り次ぐと、「いやあ、そうこなくっちゃね」とうれしそうに主人が出て来た。五十がらみの人の良さそうな丸顔の男だ。

「じゃあ、二階で一席聞かせてやるよ」

いそいそと先に立って階段を上がって行った。

「落語を聞いたことはあるのかい？　ねえんだって？　じゃあ、寄席(よせ)も知らねぇんだ」

「はい。まったく初めてです」

小萩が答えると、下駄屋の主人は顔をくしゃくしゃにして笑った。笑うと大きな前歯が二本見えた。

「しょうがねぇなぁ。それじゃあ、最初から説明しなくちゃなんねぇじゃねぇか」

襖(ふすま)をあけると、四畳半だった。そこが稽古場ということになっているらしい。

「当日はそば屋の二階を借りてやるんだ。高座って言うだろ？　座敷に一段高いところをつくって、そこに座って噺をする。まぁ、今日は稽古だから、ふつうに座布団に座る」

四畳半に座布団を二枚置いた。

「噺をするときはね、俺は杉亭二歯(すぎていふたば)っていうんだよ。下駄屋だからね。ほかにも俺の仲間が三人出る。トリはお師匠さんだよ」

師匠はちょっと名の知れた落語家だそうだ。

「じゃあ、あんたはそっちに座って」

小萩が座ると、下駄屋の主人は部屋の外に出た。

「にぎやかに太鼓とお三味線が入るんだよ。テンテン、ツツ、テンテン」

口三味線で部屋に戻ってきた。座布団に座ると、頭を下げる。

「毎度、ばかばかしいお話を」

下駄屋の主人は話し出した。

「町内の、もと医者が住んでいた空家に、最近変わった看板がかけられた。墨黒々と『あくび指南所』と書いてある。そこへやって来たのは、八五郎。この男は習い事が大好きだが、何をやってもうまくならねぇ、師匠に匙を投げられる始末だ」

そこで下駄屋の主人は、にっと笑った。

「『常磐津や長唄、茶の湯の稽古所は聞いたことがあるが、あくびの稽古てのは聞いたことがねえ、金を取って教えるからにゃあ、どこか違っているにちがいないから、ちょいと入ってみようじゃねえか』

八五郎はさっそく友達の万造を誘って戸をたたいた。

『へい、ごめんなさいまし』

応対に出てきたのが品の良さそうな老人で……」

早口でつるつるとしゃべる。面白そうな話だが、あんまり面白くない。

本人はとても気持ちよさそうで、ときどき一人で笑う。

お客といっても知り合いばかりで、つきあいでやって来るのだろう。おかみさんがみやげを持たせなくちゃと言った意味がよく分かった。

結構長く聞いたような気がしたが、まだあくびの稽古が始まらない。

「すみません」

小萩が言うと、下駄屋の主人は話をやめた。

「あの……、この話、まだ続きますか?」

「そうだよ。これから面白くなるんだ」

「仕事があるんで、もう見世に戻らないと」

「なんだい。これじゃあ、何も分からないだろ」

「いえ、いろいろ勉強になりました。大丈夫です」

「仕方ないねぇ」

まだ何か言いたそうにしていたが、小萩はすばやく頭を下げると、立ち上がって部屋を出た。後ろも見ずに階段を下りると、おかみさんがいた。

「ありがとうございます。いろいろ分かりました。これからお菓子を考えます」

「ああ、そうかい。わざわざ来てくれて悪かったねぇ。だけど、しゃべるのはあの人だけじゃないんだよ。ほかにも何人か出るし、トリは本職の噺家が務めるんだ。お客はみんな顔見知りだからさ、こっちもみやげくらい持たせたいんだよ」

おかみさんは言い訳のようにくどくどと説明した。

「じゃあ、仕事がまだありますんで」

大急ぎで見世を出た。

牡丹堂に戻ると、すでにのれんが下がって、仕事場に徹次を中心に留助と伊佐、幹太が集まっていた。

「ああ、小萩、いいところに帰って来た。これから山野辺藩の新しい菓子の相談をはじめるところだよ」

幹太が言った。小萩も急いで輪に加わった。

「揚げ饅頭に続くものは大福がいいんじゃねえかって話してたんだ。うちの豆大福は評判だしな」

だが、大福餅は朝生といわれるように、朝ついた餅でつくり、その日のうちに食べてもらうのが基本だ。お武家の御用ならもう少し日持ちするものにしたい。

「生地に砂糖を加えたら、どうだ？」

幹太が言った。

「砂糖を入れると水気が保たれるから次の日もやわらかいかもしれねぇな」

伊佐が続ける。もち米からつくる白玉粉を加えると、餅の粘りが出る。

「それじゃ二十一屋の大福じゃなくなるよ」

留助が首を傾げた。生地に砂糖を入れないから、あんの甘さが引き立つ。あんの甘さと餅のうまさが相まって二十一屋の大福になる。そう教えられて、そうだと思ってきた。

「ずっと考えていたんだけどよ。揚げ饅頭が喜ばれたのは、今までにねぇものだったからだ。一度、大福はこういうもんだっていう決まりを頭からのけてみたらどうだろう」

徹次が言った。

「じゃあ、皮は白くなくてもいいんですか？」

小萩がたずねた。

「ああ……、そうだなぁ」

徹次は首を傾げた。

「やっぱり見たときに、大福だって思えるものがいいよ」

幹太が言い、「中身を工夫するか」と伊佐が続ける。

「串に刺したら団子だよな」と留助がつぶやく。

「ともかく、今まで見たことのねぇ、新しい大福をつくりてぇんだ。みんなも考えてみてくれ」

徹次が言って、みんな持ち場に戻った。

――男の職人には考えつかないことを考えろ。気づかないことに気づけ。見過ごしていることが、いっぱいあるだろう。それを探すんだよ。

弥兵衛の言葉を思い出して、小萩は少し違う方向から考えることにした。

みんなが食事をとる板の間の戸棚を開けてみた。須美は戸棚に長い間しまわれたままになっていたあれこれを思い切りよく整理した。

戸棚はすっきりと片付いて、奥の方に紙と箱が重なっていた。

お福はきれいな箱や掛け紙を、いつか使うからと捨てずにしまっている。その「いつか」はなかなか来ず、箱も紙もたまる一方で、結局、汚れて捨ててしまうことも多かった。

その紙類を須美はたたんだり、巻いたり、箱は大きなものから小さなものへと入れ子に整理してしまってくれていた。

どうやら須美も紙や箱が好きらしい。

小萩も紙や箱をたくさん持っている。

何を入れるか考えるのが楽しいし、大切なものをしまうため、箱に千代紙を貼ったこともある。

山野辺藩の奥の女たちも紙や箱が好きなのではないだろうか。

ほどよい大きさのきれいな箱に菓子が入っていたら、菓子を食べたあとも大事に箱をとっておいてくれるはずだ。

小萩は自分で千代紙を貼った箱を持って仕事場に行った。伊佐が片付けをしていたので、その箱を見せた。

「お菓子をこんな風に千代紙を貼った箱に入れたらどうでしょうか？　そうしたら、お菓子を食べたあとも箱をとっておきたくなると思うんです」

「とっておきたくなるような箱？　とっておいて、どうするんだ？」

伊佐は首を傾げた。

「いろいろな物を入れるんですよ。紅とか筆のような化粧の道具、大事な文とか、いろいろ」

「菓子を考えるんじゃなくて、箱を先に考えるってことか？」

「そういや、ばあちゃんは紙も箱も大好きだ。みんな捨てずにとってある。棚にぎっしり入っている」

幹太がやって来て言った。

「そうなの。須美さんがそれをきれいに片付けてくれたの。須美さんも紙や箱が好きだと思う」

「お滝もきれいな紙をためてるな」

留助は女房のことを言った。

「なんで、女はそういうものが好きなんだ？」

伊佐が首を傾げた。

「みんなかわいくてきれいなものが、好きなんですよ」

小萩は言葉に力をこめた。

山野辺藩に納める菓子は立派な通い函に入れて持って行き、それを、三方などに盛りつける。だが、それは紅白の腰高饅頭の場合で、揚げ饅頭を奥の女たちがおやつにいただくときは菓子鉢に盛ると聞いた。

「お菓子がきれいな箱に入っていて、大きさもとりどりで、千代紙の柄もいろいろ。選べたら楽しいと思って」

最初は奥方と姫様。奥女中たちは年の順か。あれこれ言って、悩みながら好きなものを取っていく。

想像すると小萩は楽しくなった。

女の人の考えることは、町場もお武家も変わらないのではあるまいか。

「たしかに、よそではあまりやってねぇな」

徹次がやって来て、話に加わった。

「千代紙を貼るのは紙屋に頼めばいい。いくつか、見本をつくってもらいましょうよ」

留助も賛成した。


伊佐と小萩で神田弁慶橋にある千代紙の見世に行った。

千代紙は紙に木版で絵柄を刷ったものだ。見世に入ると新しい紙の香りが漂い、何百という千代紙が並んでいた。

有名な見世だが、小萩はまだこの見世に来たことがなかった。

「わぁ」

思わず声をあげて、見世を見回した。

黄色の地に色とりどりの扇子を描いたもの、藤色の地に紫の藤の花、青の地に犬張り子。梅に燕、波模様とどれも色鮮やかでかわいらしい。

「ええっ、こんなにたくさんあったら選べない」

小萩は気持ちが高ぶってしまった。隣で伊佐が何を言っているのか意味が分からないというように黙っている。

「お客様はどういうご用件で?」

手代が近づいてきた。

「箱が欲しいんだ。千代紙を貼った箱をつくってもらうことはできるかい?」

伊佐がたずねた。

「はい。できますよ。大きさはどれくらいで?」

「今日のところは見本を注文したいんだ。そうだなぁ、縦横が三寸(9センチほど)、五寸(15センチほど)と七寸(21センチほど)の三種類をひとつずつ。少し深めの箱がいい」

伊佐はてきぱきと注文をした。

「色と柄はどういたしましょうか」

「お武家の女の人のお使い物だ」

「なるほど。それではあまりくだけたものでない方がいいでしょうねぇ。お見本ということなら、一つは縞柄、もう一つは少し季節を先取りして朝顔、縁起のいいところでとんぼなどはいかがでしょうか。とんぼは前にしか進まないのでお武家の方に喜ばれます」

手代は千代紙を取り出した。それがどれもすてきだ。色が変わると雰囲気がまるで違うので、小萩は決められない。ため息をついてばかりだ。

「それでは、この細い縞柄、朝顔は青の地、とんぼは赤にしようか」

伊佐が冷静に決める。

「かしこまりました」

話がまとまった。

「明日にはできあがります」という返事をもらって、見世を出た。小萩はまだ、ぽおっとしていた。

「なんだよ。自分のものを買うんじゃないんだぞ。しっかりしろよ」

伊佐が叱るように言った。

「そうだけど……」

あんなにたくさんの千代紙を見て、舞い上がらないほうがおかしい。

「まったく、女の子は不思議だなあ。考えることが分からない。だけど、小萩があれだけ夢中になるってことは、奥の方々も喜ぶってことだろうな」

伊佐も少しうれしそうだ。

「見世に来たかいがあった。千代紙を見てたら、中に何を入れたらいいのか考えが浮かんできたよ」

「そうなの？」

「かわいらしくて華やかで、しかも品のいい菓子だ。たとえばさ、あの見世はいろんな色の折り紙を重ねておいてあっただろう。あんな風に染めた生地を重ねたら面白いと思うんだ。外は白くて、切ると色が見える。あんの色を重ねるのも面白い。でも、外は白だ。大福だからな」

伊佐は新しい大福の姿をさまざまに思い描いているらしい。

そんな伊佐の様子を見て、小萩もうれしくなった。

川沿いの若葉はみずみずしい色で、家の垣根に小出毬が白い花をつけていた。

「春になったんだなぁ」

伊佐が背伸びをした。

「忙しかったから、とうとうろくに桜も見なかった」

「私も。気づいたら葉桜になっていた」

小萩もうなずいた。

「お前もこっちに来て二年か、早いな」

伊佐はそう言うとくすりと笑った。

「最初来た時は、あん玉もまともに丸められないから、どうなることかと思ったけど、なんとかなるもんだよな。最近はそれなりに菓子をつくれるようになったじゃないか」

「まだまだだよ。留助さんや伊佐さんにはぜんぜん追いつかない」

「そりゃあ仕方がないよ。留助さんも俺もがきの頃から仕事場に出入りしてんだ。年季が違うよ」

「それはそうだけど、もう少し上手になりたいわ」

「ふうん」

伊佐は足を止めてしげしげと小萩の顔を見た。

「上手になってどうするんだ？　いつまで、牡丹堂にいるつもりなんだ？」

「いつまでって……」

「もう十八だろ。家じゃなんて言っている？　そろそろ戻って来いと言っているだろ」

小萩はむっとして伊佐の顔を見た。

「そんなの伊佐さんに言われなくても分かっています。でも、私は牡丹堂が好きだから、旦那さんもおかみさんも、親方も、みんな……。だから、もう少しここで働きたいの」

——伊佐のそばで。

その言葉を小萩は飲み込んだ。

「私にはやりたいことがあるんです。なりたい私になりたいの」

「なりたい私ってなんだ？」

伊佐ははじめて聞いたというように目をしばたたかせた。

「日本橋に来てすぐ、毎日通りをとってもおしゃれな人が歩いていることを知った……」

ある時は太い縞柄の着物に黒い帯を男のように結び、また別の日は白地に大きな梅の花を散らした着物に赤い半襟、鶯色の帯を合わせていた。

男も女も茶や黒の地味な装いをした人がほとんどだったから、その姿は目立った。振り返ってしげしげと眺める者もいたし、眉をひそめる者もいた。けれど、その女は胸を張り、堂々と歩いていた。

「それが川上屋のお景さんだったの。お景さんは自分も見世に出て呉服を扱いたかったけれど、見世には昔から仕切っている番頭さんや手代さんがいるからと、冨江さんたちに反対された。それで、自分の思うように着物を仕立てて通りを歩くことをはじめたんですって」

お景の着物姿は若い娘たちの心をとらえ、同じものを買いたいと川上屋にやって来た。そうやってお景は周囲に自分を認めさせたのだ。

「おかみさんに言われたの。『周りが何と言おうと、あの子は自分がいいと思ったものを信じた。だから道が開ける』って。ね、かっこいいですよね。おかみさんも、きっとそんな風に道を開いてきたんだと思う。私がなりたいのは、好きな菓子の仕事をして『これが私だ』って胸をはって言えるものを持ってる人」

伊佐は「そうか」と言ったまま、しばらく黙って考えている。

「そうなるといいな。頑張んな」

そう言った。

「ねぇ、伊佐さんの夢ってなに？　十年後、二十年後はどんな風になっていたいの？」

小萩はたずねた。

「夢かぁ。考えたこともねぇなあ。俺は育ててもらった二十一屋に恩がある。だから、その恩に報いたい。親方や幹太さんを助けて働く、それだけだ」

伊佐は少しはにかんだような笑顔を見せた。

生真面目で、いつも一生懸命な伊佐らしい想いだった。

伊佐は空を見上げた。

「俺は牡丹堂が好きだ。旦那さんも、おかみさんも、親方も、幹太さんも……、それから留助さんも……、亡くなったお葉さんのことも。みんなといっしょに働いて、二十一屋をもり立てていきたい。でも、これじゃあなんだか、ふつうだな。当たり前すぎる」

「なんだ、私が言ったのと同じじゃない」

「そうか？」

「そうよ。ずっとこんな風に、みんなといっしょに牡丹堂で働けたらいいな」

「そうだな」

伊佐は白い歯を見せて笑った。

明日も、あさっても、これからもずっと。

小萩の胸の中に温かいものが満ちてきた。

三

翌日、千代紙を貼った箱の見本ができあがった。

朝一番で小萩は取りに行き、見世に戻ってみんなに見せた。硬い紙で作った箱はしっかりとしていて、上に貼った千代紙は手刷りの木版画だ。こっくりと深く鮮やかな色で縞や朝顔、とんぼが描かれていた。

「まぁ、きれいですねぇ」

箱好きの須美は目を輝かせた。

「いい箱だ。これは大事にしたくなるよ」

お福も笑顔である。

男たちは何となくわかったような、わからないような顔で眺めている。

「よし。じゃあ、この箱に似合う菓子だな」

徹次が言った。

「考えたものがあるんだ」

伊佐が昨日のうちに描いた絵を取り出した。

「外の生地は砂糖と白玉粉を加えて、少し餅っぽくする。それで次の日もおいしく食べられる。上は白、下は紅色。外から見ると、下の紅色がほんのり透（す）けて見える」

「かわいらしいな」

留助が言った。

「中のあんはうぐいすあんとかいろいろ考えたけど、やっぱり小豆（あずき）あんがいい」

「そうだよ。大福だもの」

幹太が元気な声をあげた。

「この真ん中の緑色は桃の実だ。今の時期、桃の青い実が出回るだろ。それを甘く煮る」

「種を取らなくちゃならないが、それくらいの手間をかけた方がいいな。面白い。これで、試作してみろ」

徹次が言った。

決まりの仕事があるから、それがすんでから試作にかかる。

もともと食べるのが早い伊佐なのに、いつもの倍の速さで食事をすませ、仕事場に向かう。そしてどんどん仕事を片付けていった。

「おい、伊佐公、張り切っているなぁ」

留助がからかったが返事もしないで取り組む。夕方、のれんを下ろす頃にはぽっかりと時間が空いた。

「よし、見本をつくるぞ」

伊佐が言った。

「俺も手伝う。粉はどれぐらいいるんだ？」

幹太が計りを出してきた。

「青い桃の実ってこれでいいのか？」

八百屋から戻って来た留助がたくさんの青い実を台に拡げた。

「私も手伝います」

小萩も見世の仕事を大急ぎで片付けて加わろうとしたら、伊佐に言われた。

「こっちはいいよ。手が足りてる。落語会のみやげがまだ決まっていないんだろ？」

伊佐に言われた。

心配してくれているんだと分かる。けれど、小萩は少し淋しい。

やっぱり伊佐は女心がわからない。

みんなが新しい大福に取りかかってわいわいとにぎやかな仕事場の隅で菓子帖を開く。

徹次がやって来てたずねた。

「どんな感じだ？」

「干菓子と半生菓子を折に詰めようと思います。値段も抑えなくちゃならないので、できるだけ見世にあるもので見方を工夫しました。今、水色の波模様の干菓子があるのでそれを使います」

ほかにはどら焼きの皮をごく薄く焼いて、ひょうたん型で抜いたもの。黒糖羊羹を薄く切ってほいろで乾かした半生菓子、それに錦玉（きんぎょく）を乾かした寒氷（かんごおり）を加える。

「問題は塩味なんですけど、かき餅はどうでしょう？」

正月のお供え餅を割って天日でからからに乾かしたかき餅がまだ残っている。これを炭火で焼いて塩をふれば、かりっと香ばしく、いい酒のあてになるだろう。だが、どこの家にもあるものだから、わざわざ折に詰めるのはいかがなものか。

「かき餅かぁ。まあ、ありふれてるけど、うまいしな。いいだろう。それで、どんな風に折に詰める？」

「考えてあります。四畳半です」

小萩は二歯の稽古場の部屋を思い出して言った。四角い折を長方形が四つ、中央に正方形がひとつになるよう仕切って四畳半に似せるのだ。

「落語会らしいな。いいじゃないか」

小萩は見本を用意して、下駄屋に行った。

下駄屋の店先は相変わらずにぎわっていて、おかみさんがお客の相手をしていた。

「ごめんください。二十一屋から来ました」

小萩が声をかけると、おかみさんが振り向いた。

「ああ、菓子屋さんだね。どうだい？　みやげの菓子はできたかい？」

「はい。見本を持ってきましたので見ていただけませんか」

小萩は風呂敷包みを開いて、折を見せた。

「ご主人の稽古場に似せて四畳半のように仕切ってみました。中は日持ちがするものばかりです。隅田川にちなんで波模様の干菓子、酒好きにひょうたん。そのほかは、半生に乾かした黒糖羊羹、寒氷、辛党にはかき餅です」

「ほう。いろいろ入っていて、楽しいねぇ」

おかみさんは笑顔になった。奥に声をかけると、手ぬぐいではちまきをした主人が出て来た。

「おう。みやげ菓子かい？　どんな風になった」

「立派なもんだよ。これならあくびと居眠りをがまんした甲斐があるってもんだ」

「ばか言っちゃいけねぇよ。師匠には筋がいいって言われてんだ。稽古すれば伸びるって」

そう言いながら菓子折をながめた。

「四畳半ってぇのが洒落てるね。それに、かき餅っていうのがいいねぇ。俺は、これが大好きなんだ」

二人が満足そうにしているので小萩もうれしくなった。

「じゃあ、このまま仕上げて当日の朝、お届けします」

「落語会は夕からだからゆっくりおいで。なんなら、そのまま俺の落語を聞いていってもいいんだよ」

「はい。あの……、でも、仕事がありますんで」

小萩は困ってしどもどした。

見世に戻ってくると、山野辺藩に持って行く菓子の見本が出来上がっていた。

大福はいつもの二十一屋の生地ではなく、上等の白玉粉に砂糖などを加えて蒸したものだった。少し小ぶりで、白い生地は羽二重（はぶたえ）のようにやわらかそうで、下の紅がうっすらと透けて見える。伊佐が包丁で切ると、紅白の生地の中は、なめらかな小豆こしあんだ。真ん中に緑の種のように見えるのが、桃の小さな実を甘く煮たものだ。

「大きな桃にするために今の時期、余分な実を間引くんだってさ。お前、よくそんなことを知っていたな」

留助が伊佐にたずねた。

「たまたま八百屋に行ったら見慣れないもんがあって、なんだって聞いたら教えてくれたんだ。甘煮か塩漬けにするとうまいってさ」

桃の実はみずみずしい春の緑の色をしていた。鍋の中の甘煮を一つもらって口に含むと、軽い歯ごたえがあって、梅の種の中の仁のような風味が広がった。

「これ、おいしいです。かわいいし。きっと喜んでもらえます」

小萩は言った。

弥兵衛とお福、須美も集まって来た。

「おお、これはいい。さっそく明日、持って行ってみよう」

「あの渋い顔の台所役はなんていうかな。楽しみだな」

幹太が目をくりくりと動かした。

「そりゃあ、旦那さんの言葉ひとつにかかってますよ。台所役さんは旦那さんのことを信用していますからね」

留助がおどけて言った。

「伊佐が考えたのかい？　そりゃあ、よかった」

お福はうれしそうだ。

「きれいですねぇ。絶対に喜ばれますよ」

須美も続けた。

伊佐は黙っていた。けれど頬が紅潮して、目がきらきらと輝いていた。伊佐のそういう顔を小萩は久しぶりに見た気がした。

山野辺藩に持って行くと、とても喜ばれた。最初、台所役は千代紙の箱の方はろくに見てもいないようだったが、女中たちに見せるとたちまち大騒ぎになってしまったのだ。

たくさんの注文をもらって帰ることになった。

夜、小萩が井戸端で洗い物をしていると、伊佐がやって来た。

「いいお菓子ができてよかったね」

小萩が言うと、伊佐は小さくうなずいた。

「千代紙を貼った箱を思いついてくれたからだよ。箱が先に決まって菓子ができるなんて、思ってもみなかった。こんどのことは小萩のお手柄だよ」

「そんなことないわ。箱は箱。菓子屋が売るのは中身だもの」

小萩は強い調子で言った。

「いや、やっぱり小萩がいたからだ」

伊佐はそう言うと、空を見上げた。

「あれからずっと、俺が『なりたい自分』ってどういうものかって考えた。そうしたら、やっぱり菓子の職人だった。それしかなかった。世話になったとか、恩があるとか、牡丹堂が好きだとか、いろいろあるけど、やっぱりその真ん中にあるのは、菓子が好きだってことだ。菓子のことを考えたり、つくったりするのが好きだ。ほかのことはなんにも知らないけど、俺はそれでいいと思った」

きっぱりとした潔い言い方だった。

「うん。伊佐さんは菓子の仕事をしているのがいちばん似合ってる」

「子供だった頃、旦那さんにたずねたことがあったんだ。俺もいつか、花の王みたいな、みんなが驚くような菓子をつくりたい。どうしたら、そういうものができるのかって」

花の王は弥兵衛が考えた菓子だ。その美しさ、斬新さに人々は驚き、魅了された。

「旦那さんが言ったんだ。お前ならできる。菓子が誰よりも好きだからな。その気持ちを忘れるな。そうしたら、いつか手が届くようになる。俺はその言葉をずっと忘れていたけど、今日、思い出した。うれしかった」

「伊佐さんならきっといつか、花の王みたいな菓子を作れるわ。私もそう思う」

小萩は言った。

「ああ」

伊佐は強い目をした。

はじめて会ったとき、小萩は伊佐を、端午（たんご）の節句に飾る菖蒲（しょうぶ）の花のような人だと思った。緑の葉は剣のように先がとがって細く、つぼみは空に向かってこぶしを振り上げているように伸びている。ぶっきらぼうな物言いをするので、怒られているのかと思った。

でも、固く握ったこぶしのようなつぼみの中には、鮮やかなきれいな色がたたまれている。

つぼみを開けてどんな色を見せてくれるのだろう。それは華やかな美しい色に違いない。

そのとき、小萩は伊佐の傍(かたわ)らにいるのだろうか。誇らしい、うれしい気持ちでながめることができるのだろうか。

晩春の風は甘く、やわらかく小萩たちを包んだ。空には明るい星がまたたいていた。

(伊佐さんの夢がかないますように)

小萩は星に願った。

飴の甘さと母の想い

一

朝の大福づくりが終わって、朝餉までのわずかな時間、井戸のある裏庭に小萩と留助、伊佐、幹太が集まっていた。

伊佐がふと、思い出したように言った。

「さっき、親方が冗談を言ったな」

「そうだな。めずらしいな」

留助もうなずいた。

——そんなすっぱい顔をしていたら、失敗するぞ。

梅干しの酸味に思わず顔をしかめた幹太は最初、冗談だと思わずにぽかんとした。留助が「へへ」と小さく笑い、伊佐も小萩もお福も笑った。なんだか気の抜けたような笑いが起こったのだ。

「変わったよ。明るくなった」

伊佐がもう一度言った。

それはやっぱり。

……須美さんが来たからだ。

小萩は思った。

元来、余分な口をきく人ではない。仕事に集中しているときは難しい顔をしている。話しかけるのをためらうことが何度かあった。その徹次が冗談を言う。

「そういえば、この前……、須美さんが重い炭の袋を持とうとしていたら、ちょうど親方が通りかかって手助けしていた」

留助も同じ思いだったのだろう。そう言った。

「このごろ、親方は青菜のお浸しを食べるようになったし、髪結い(かみゆ)にもちゃんと行ってぃる」

その手のことには疎い(うと)はずの伊佐まで気づいている。

これは相当なことではあるまいか。

留助と伊佐と小萩は顔を見合わせた。

「なんだよ、それ。そんなことねぇよ。ぜんぜん、前と変わってねえよ」

ずっと黙っていた幹太が突然、不機嫌な調子で言った。

小萩はしまったと思った。

母親のお葉は十年前に亡くなっている。

だが、父の心にあるのはお葉だけ。そう幹太は思いたいのだろう。

「そうだな。変わってねぇな」

留助が静かな調子で言った。

「ああ。いつも通りだ」

伊佐も続けた。

「仕事一筋よ」

小萩もうなずいた。


朝の仕事が一段落したころだ。仕事場には留助も伊佐も幹太もおらず、徹次と須美が二人でしゃべっていた。

「これは牡丹ですか？　きれいな木型ですね」

「ああ。二つあるけれど、こっちとそっちでは、どちらがいいと思うかい？」

「よく分からないけれど、私はこちらの方が好きです。溝が深くてしっかりとしている。線に迷いがないというか……」

小萩は仕事場に入ろうとして足を止めた。二人は木型を手にして話をしていた。

「そうなんだ。こちらの方は親方が彫った。そっちは息子だ。ちょっと見はよく似てるけど、使い勝手はこっちの方がずっといい」

「いい道具があると仕事がはかどるんじゃないですか？　父がよく言っていました」

「ああ、まったくその通りだ。仕事がはかどるし、気持ちもいい。楽しいんだよ」

「父も同じことを言いますよ。判子は木や石、象牙のこともあるし、大きさもまちまちだから、それぞれ道具を使い分ける。道具箱には小刀やのみがたくさん入っていて、仕事が終わったあと、とてもうれしそうな顔で手入れをしています」

「何本ぐらいあるんだい？」

「数百本って言ってました」

「ほぉ。一度見せてもらいたいもんだなぁ」

小萩は仕事場に入るのをやめ、回り道をして裏庭に出た。

井戸のところに留助がいた。

「仕事場に親方と須美さんがいただろ。なんか、楽しそうだよな」

留助がにやりと笑った。

「親方があんなにたくさんしゃべるのを初めて見ました」

「俺もだ」

「気が合うんでしょうねぇ」

小萩の言葉に留助は小さくうなずいた。

「俺、気づいたんだけどさ、須美さんは亡くなったお葉さんに似ているんだよ」

「えっ、そうなの？」

小萩は大きな声をあげた。

「うん。元気がよくてはっきりしているところ。明るくてしっかり者で、ちょっと男っぽいっていうか、めそめそしない」

「お葉さんてそういう人だったんですか？」

小萩はお葉が残した菓子帖を通して、その人となりを思い描いていた。

幹太がはじめて歩いた。小さな虹を見た。そうした日々の暮らしの驚きや喜びが菓子の姿となり、添え書きとなった。小萩はお葉をやさしくて、おだやかな母親だと感じていた。

「もちろん、いいおっかさんだよ。だけど、お葉さんはあの旦那さんとおかみさんの娘だよ。幹太さんの母親だ。やわやわした人じゃないよ。びしっと一本芯が通っているよ」

留助は二十歳で牡丹堂に来た。その時、お葉は二十四歳で幹太は五歳だった。

「お葉さんはそりゃあ、きれいでかわいらしかった。お客さんにも人気だったし、親方はもちろん、旦那さんもおかみさんも頼りにしていた。あの頃、牡丹堂の中心にいたのは、お葉さんだった。俺と四つしか違わねぇのに、こんなに菓子のことが分かっていて、見世を仕切ることもできて、ほんとうにすごいと思った。憧れてた」

留助は遠くを見る目になった。

「あんな風に突然、いなくなっちまうとはな」

お葉は悪い風邪で死んだ。

そのことで二十一屋のみんなは深く傷ついた。

なぜもっと早く気づいてやれなかったんだ。無理やりにでも休ませればよかった。それぞれが自分を責めた。

徹次の後悔も深かったことだろう。

「でも十年だよ。その間、親方は見世を大事に守って来た。幹太さんは気に入らないかもしれないけど、ちょっとぐらい親方の心に春風が吹いてもさ、罰（ばち）はあたらないと思うんだよなぁ」

「そうですよね」

小萩も同じ思いだった。

昼過ぎ、牡丹堂に能楽師の元から使いが来た。仕舞のおさらい会に子供たちに配るお菓子を注文したいということだった。

留助と小萩は室町にある能楽師の家に行った。足利の時代から続く花沢流の師範だという。高い塀のある大きな家をたずねると、離れの稽古場に案内された。三十すぎと思われるほっそりとした女の人が待っていた。

「このたびはわざわざありがとうございました。津谷と申します」

ていねいに挨拶をされた。

化粧をしていない小さな白い顔に切れ長の涼し気な目をしていた。黒い着物に黒い袴。背筋をすっと伸ばして座った姿が美しい。膝の上にきちんと手をおいていた。留助の背筋が伸びる。小萩もあわてて居住まいをただした。

津谷は師範代として小さな子供たちを教えているそうだ。

「仕舞をごらんになったことはありますか？」

「不調法なもんで、ふたりともはじめてです」

留助が困った顔で言った。

仕舞は能の見所の部分を、演者自らが謡い、演じるものだ。面をつけないし、衣装も紋付き袴。笛や小鼓といったお囃子は入らない。

「能の独特な歩き方、扇の使い方など所作を学ぶことができます」

そう言って、津谷は傍らの文箱から厚紙を二枚に折ったものを取り出した。

「毎回、お稽古に来た時に、この紙に判子を押しているんです。判子がたまると、自分の頑張りが見えますから。仕舞は言葉も難しいし、動きもゆっくりです。小さなお子さんにはかなり難しいのです。本当の面白さが分かるのは、十年、十五年もっと後かもしれない。その日まで、少しずつでもお稽古を続ける気持ちを持ってもらいたいのです」

「菓子は稽古に来るお子さんのためのものですかねぇ」

留助がたずねた。

「はい。毎年、おさらい会を開いてご家族に見ていただいています。お願いしたいのは、そのおみやげのお菓子です。頑張ったご褒美ですね」

「あの、どうして、牡丹堂に声をかけてくださったのでしょう?」

小萩はたずねた。

「じつは、私どもの知り合いに山野辺藩の方がいらっしゃいます。その方から千代紙の箱に詰めたお菓子を見せていただきました。とてもかわいらしかった。子供たちもきっと喜ぶと思います」

千代紙の箱は思った以上に好評だったらしい。

小萩は心の中で「よし」と小さくつぶやく。

「するってぇと、菓子はどんなものがいいでしょうかねぇ。大福も悪かないけど、家族で分けるんなら干菓子や半生菓子も面白い」

留助がたずねる。

「そうですね。それはお任せいたします。大福でなくともかまいません。男の子十人と女の子が五人、私の分をひとつ加えて十六個でお願いします」

津谷は答えた。

仕舞の稽古に通うのは武家や裕福な商人が多いと聞く。子供が喜ぶような菓子と言っても、それなりに吟味したものを用意したいのだろう。

「もうじき、お稽古がはじまります。ご覧になっていらっしゃいますか？」

津谷が笑顔で誘った。

二十畳ほどもある広い稽古場には奥に大きな松を描いた板敷きの舞台が設えてあった。部屋の隅には細縞の袴に藍色の着物を着た小さな男の子が五人ほど並んで座っている。

津谷がその子たちの正面に座ると、子供たちは声をそろえて挨拶をした。

「先生、本日もお稽古をよろしくお願いいたします」

どの子も品のいい顔立ちで、行儀がよい。着物の襟元や袴が乱れている子は一人もいない。

「きっと金持ちの子なんだなぁ」

留助が小声でつぶやいた。

「では、歩き方からまいりましょう」

津谷の体がすっと上に伸びたと思ったら、もう立ち上がっていた。

子供たちはそんな風には立てない。肩や体を揺すりながら立ち上がる。

津谷が歩き出した。足だけをゆっくりと動かして歩く。体の重さが感じられない。歩くというより、床の上をすべっているようだ。

津谷が独特の節回しで謡い出した。細い体のどこから出るのかと思うような太くて力強い声である。

「あーずまあーそびーのかーずかずにー」

子供たちも歩きながら謡い出した。

「あーずまあーそびーのかーずかずにー」

甲高く元気の良い、大きな声だ。

しばらくして頃合いを見計らって小萩と留助は静かに退席した。

屋敷の外に出ると、小萩は言った。

「子供たちが真剣な顔をしていて、かわいかったですね」

「そうだなぁ。やっぱり先生がいいもんな。あんなきれいな先生なら、お経みたいな節回しで肩が張っても我慢できる」

留助は首と肩をぐるぐると回しながら言った。

「また、そんなことを言って。お滝さんに言いつけますよ」

小萩が冗談めかして言うと、「やめてくれぇ」と留助は大げさに肩をすくめた。


牡丹堂に戻って徹次に客からの注文を告げた。

山野辺藩のときと同じく、千代紙を貼った箱を用意して、中にいろいろなお菓子を詰めるということに決まった。

「子供相手だからというわけじゃないが、山野辺藩のときほど立派な箱じゃなくていいぞ。中身は留助と小萩で相談して考えろ。男の子と女の子で分けてもいいな。おさらい会の曲目があるんだろ。それにちなんだものだと、喜ばれる」

徹次がてきぱきと指図した。

菓子を考えようと、小萩が戸棚から菓子帖を取り出していると、須美がやって来た。

「また、菓子の注文？　今度は何をお願いされたの？」

「小さい子のおさらい会のおみやげなんです。山野辺藩に千代紙の箱を使いましたよね。それが奥の方々に好評で、その話を伝え聞いたんですって。だから、また、いっしょに考えてくださいよ」

　小萩が言うと、須美の目が明るく輝いた。

「おさらい会というと、なにかのお稽古？」

「能楽なの。仕舞のおさらい会ですって。今日、お稽古場に行って来たら、小さな男の子たちが一生懸命お稽古をしていて、その様子がとってもかわいかったですよ」

　小萩は思い出して笑顔になった。

「どちらの流派なの？」

　須美がたずねた。

「花沢流ですって」

　小萩は答えた。

「花沢流？」

　そう言った途端、須美の表情が固くなった。

「どうかしたんですか？」

「いえ、なんでもないの」

つくったような笑顔を見せた。


夕餉のとき、徹次がお福に言った。

「明日、須美さんの実家に行かせてもらうことになりました。小刀やのみがたくさんあるっていうんで見せてもらおうかと思って」

「へぇ、そりゃあ、また……」

お福は何か言いかけて口ごもった。

弥兵衛は飯茶碗から顔をあげて、ちろりと徹次の顔を見た。

「須美さんの実家って、判子屋だったよな」

「判を彫るところを見せてもらいます。生菓子をつくるときにもなにか役に立つんじゃないかと思いやしてね」

徹次が生真面目な顔で答えた。

「材料や彫るものによって小刀やのみを使い分けるという話をしていたら、本物を見たいとおっしゃって。父に相談したら喜んでいたので」

須美が恥ずかしそうに言った。

「そうか。そりぁあいいよ。うん。そういうのは、早く見ておいたほうがいい」

弥兵衛がうなずく。

留助がにやりと笑って小萩を見た。小萩も口元がほころびそうになってあわててへの字に曲げた。幹太は目をくりくりさせてみんなの様子を見ている。伊佐だけがわれ関せずという風に飯を食っていた。

「そうかい。じゃあ、菓子をみやげに持って行っておくれ。須美さんのお父さんは甘いものを召し上がるのかい?」

お福がたずねた。

「いえ、とんでもないです。ちょっと仕事場をお見せするだけですから。お気遣いはいりません」

須美が遠慮すれば、「そうはいかないよ」とお福が言って立ち上がった。

昼前、二人が連れ立って出かけていくと、入れ替わりのようにお景がやって来た。

「おかみさん、いらっしゃる?」

その日は藤色のやわらかな絹の着物に、襟元に緑の半襟をのぞかえている。帯は黒繻子。いつもよりずっと地味な装いだが、帯にビラビラと銀色の板のような飾りのついた箱のようなものを差し込んでいる。

「はい、奥に。今、呼びますね。あれ？　お景さん、それは何ですか。とってもきれい」

「あら、よく気がついてくれたわねぇ。これは筥迫。中は物入れになっているのよ」

着物とおそろいの生地でつくった筥迫は蓋をあけると、中に手鏡と懐紙が入っていた。

「これから、これを流行らせようと思っているのよ。いろいろ入れられて便利でしょ。小萩ちゃんもおひとつ、いかが？」

にっこりと笑った。

「いいえ。そんな贅沢なもの買えません」

小萩はあわてて手をふった。

「おや、お景さん。久しぶりじゃないか」

お福が出て来て言った。

「だって、なんだか忙しそうだから、お邪魔するのを遠慮していたのよ」

「そんな淋しいことを言わないでおくれよ。お景さんにはお礼を言わなくちゃならないんだ。おかげさまでいい人が来てくれたからね」

お福はお景をみんなが「おかみさんの大奥」と呼んでいる奥の三畳に誘う。

「今日もまた素敵なお召し物だねぇ」

「そう？　この着物はめずらしくうちの人が勧めてくれたのよ。今の季節にちょうどいいと思って。それにね」

お景はひとしきり、これから流行らせるつもりの筥迫の講釈をする。

小萩はお茶とお菓子を運んだ。

「煉り切りは深山つつじ、都鳥、あやめ。昨日、今年はじめて水羊羹をつくりました」

「まぁ、どれもきれい。おいしそう。選べないじゃないの」

「いいよ。いいよ。好きなのを食べてさ、残りは包むから」

お福は上機嫌である。

いつも通りのおしゃべりが始まった。襖の外にもにぎやかな笑い声が聞こえた。ころ合いを見計らって小萩がお茶のお代わりを持って行くと、突然、二人はぴたりと話をやめた。

小萩はおやと思った。

それは、相当な内密の話をしていたときである。

小萩が見世に戻ってくると、留助が仕事場からふらりと出て来た。

「おかみさんとお景さんはなんの話をしていた？」

「さあ。私が入って行ったら話をやめちゃったので」

その途端、留助の頬がゆるんだ。

「そっかぁ。そうだよね。そりゃあ、そうさ」

それだけ言うと、仕事場に戻っていってしまった。

お客が切れたので、仕事場に行くと留助と伊佐と幹太が集まってこそこそと話をしていた。

「親父がなんだって向こうの家にまで行くんだよ」

幹太がたずねた。

「だから判子を彫る小刀を見せてもらうんだろ。煉り切りにきれいな線を入れたいって言ってたよ」

伊佐が答える。

「わかってねぇなぁ」

留助が二人の顔をながめた。

「須美さんの親父さんに会うんだよ。顔見世っていうかさ、そういうことじゃねぇのか。一応挨拶っていうかさ」

「挨拶ってどんなこと？」

　小萩が話に割り込んだ。

「これからお付き合いさせていただきますっていうさ」

　ええええっ。

　伊佐と幹太、小萩は顔を見合わせて叫んだ。

「だいたい、あの人はお景さんが紹介したんだろ。最初から怪しいと思っていたんだよ。手伝いっていうから、てっきりお貞さんみたいなおばさんが来るのかと思ったら、須美さんじゃないか。おかみさんとお景さんで示し合わせて呼んだんじゃないのか」

　さすがに朴念仁の伊佐も話の流れが分かってきたらしい。

「そういうことか」

　伊佐はうなずく。

「そうだろ？　なんていうかな、顔はともかく感じが似ている。てきぱきしているところとか、気風がいいところとか」

「俺は全然、そう思わない」

　幹太が頬をふくらませた。

「いや、まぁ、これはもののたとえって言うかさ」

　留助は急に歯切れが悪くなった。

昼の支度に須美は戻って来たが、徹次は帰ってこなかった。須美の父と兄と意気投合して話し込んでいるという。

昼餉が終わって小萩が表を掃いていると、幹太がふらりとやって来た。

「おはぎさ、須美さんのことをどう思う？」

「どうって？」

「さっき留助さんが言ってたことだよ」

「そんなこと、私に聞かれても分からない」

「そうだよな」

幹太は足元をながめた。

隣の家の落葉がひどくて、朝掃いたのにまた、散らかってしまった。

「親父がこの前、須美さんの後ろ姿を眺めていたんだ。自分でも気づいてないんだと思うよ。なんか、気になるんだろうな」

「たまたまじゃないの？」

「それからさ」

「まだあるの？」

「ある。親父は須美さんのご飯をおいしそうに食べる。小萩がご飯をつくっていたときと全然違う」

「悪うござんしたね。私のときはお口に合わなかったのよ」

「はは。そういうわけじゃないけどさ」

幹太は笑ってごまかした。

「冗談。分かってるんだから、いいのよ」

「俺さ、須美さんのこと好きだよ。いい人だって思う。だけどさ、なんか、それが親父とどうとかと言われると、なんか嫌っていうか、やめてくれっていうか」

「亡くなったおっかさんがかわいそうな気がするの?」

「それもあるし……。もしも、もしもだよ。須美さんが俺のおふくろになったら、俺は須美さんのことを何と呼べばいいんだ?」

「そうねぇ」

小萩も首を傾げた。須美さんだって、こんな大きな息子が急にできたら戸惑うだろう。

「ふつうに須美さんでいいんじゃないの?」

「そうか」

「あのね。幹太さんも十六でしょ。おっかさんが必要な年というより、おっかさんのことを大事に守ってあげる年なんだと思うのよ。だから、もしもよ、須美さんが牡丹堂に来るようなことになったら、温かく見守ればいいんじゃないのかしら」

「そうだな」

小萩は、自分も大人になったなと、つい口元をほころばせた。

「おはぎ今、自分で良いことを言ったと思っただろう」

幹太は鼻で笑った。

「しまった。見破られたか」

小萩は照れかくしにおどけた。

「まぁな。ばあちゃんも、いつまでも元気でいるとは限らねぇ。今みたいに見世の仕事を続けられないよ」

「そうね」

「親父もずっと一人じゃ気の毒だ。かあちゃんが死んで十年だもの。かあちゃんはかあちゃんだし、須美さんは須美さんだ」

幹太はつぶやいた。

午後遅く、徹次は見世に戻って来た。

「いや、すっかり話し込んじまったよ。これを見てくれ」

取り出したのは三角棒だった。煉り切りをつくるときに使う、切り口が三角になった三寸ばかりの棒で、片方の先はとがり、もう片端は二重丸に彫られていた。

「二重丸は花のしべをつくるときに使うんだけど、もう少し細くならないかと思っていたんだ。三角の角もさ、ひとつは鋭角にして細い鋭い線、ひとつは太くてやわらかい線にしたかったんだ」

今まで使っているものを見せて相談したら、須美の父親が少し削りを入れた。

「木くずが出たかどうかも分からねぇほどの削りなんだけれど、使ってみると全然違う。すごいもんだ」

興奮して早口になっていた。

「そりゃあ、よかったねぇ。道具っていうのは大事だからねぇ」

お福がうれしそうに言った。

三角棒を手にした留助は「ほお」とうなり、伊佐はうらやましげに眺めている。幹太は笑っているようなすねているような微妙な顔つきだ。

まわりが騒いでいるけれど、徹次の本心はどうなのだろう。須美のことは関係なく、案外、純粋に三角棒を喜んでいるだけなのではあるまいか。

小萩は顔をくしゃくしゃにして喜んでいる徹次の心を測りかねた。

頑張ると言っていたのに、留助はおさらい会の菓子を一向に考えてくれない。

「出し物が分からねぇんだから、考えようがねぇよ。小萩、ちょこっと行って、何をやるのか聞いて来てくれ」

「留助さんは一緒に行ってくれないんですか？」

「おめぇ一人で大丈夫だよ。こっちも、あれこれあって忙しいんだ。でさ、その話を俺にかいつまんで教えてくれ」

ああ忙しい、忙しいとお題目のように唱えるので、仕方なく小萩はひとりで津谷をたずねることにした。

「ごていねいにありがとうございます。今回の出し物は『羽衣（はごろも）』など五つです。この前、子供たちが練習をしていたのは『羽衣』です」

津谷は手元の教本を取り出して説明をしてくれた。

『羽衣』は三保（みほ）の松原の漁師が天女の羽衣を見つける話だ。昔話では、現れた天女は漁師の妻となるが、仕舞では漁師は天女の舞と交換に羽衣を返してやる。

『経正』は平家の武将、平経正の幽霊が出てくる話。

『猩々』は海の妖怪のことだ。

『土蜘蛛』は土蜘蛛退治で、『胡蝶』は蝶の妖精が登場する。

「仕舞は幽霊や化け物が出てくる話が多いですね。もっと難しい話が多いのかと思っていました」

小萩は意外な気がした。

「習い始めの方にも分かりやすい演目を選びましたが、もともとお能はこの世のものでない者たちが現れる話が多いのですよ」

そういえば、舞台の上で津谷はすべるように動いていた。まるで体の重さがなくなったようだった。あれなら、天女も幽霊も演じられるだろう。

「土蜘蛛とも戦うんですね」

「ええ。面白いんですよ。子どもたちに人気があります」

刀を持って戦うときも、えいやっと刀を合わせるのではなく、静かにするするとすべるように動くのだろうか。

小萩が考えていると、津谷が微笑んだ。

「今度、土蜘蛛や経正のお稽古をしているときにいらっしゃいますか?」

「いいえ、大体分かりましたから大丈夫です」

小萩は答えた。面白そうだが、そんなに仕舞ばかりを見ていたら考える時間がなくなってしまう。

その足で千代紙の見世に行った。男の子には青の地で波模様、女の子には紅色の地で白い花を散らした紙を選び、箱につくってもらうよう頼んだ。

帰る道すがら、小萩は中に入れる菓子について考えていた。

五種類の菓子を入れるとすると、様々な色が入った方がいいだろう。

たとえば、羽衣は松の緑にちなんで緑色。これはうぐいすきなこを使おう。

経正は幽霊だから白にしようか。

猩々は赤い色の衣装を身に着けるらしい。

土蜘蛛は茶で、胡蝶は黄色。茶色はやっぱり、どら焼きの皮かなぁ。

あれこれ考えながら歩いた。

須美さんにも意見を聞こうか。だが、この前少し様子がおかしかったことを思い出した。

小萩のおしゃべりを楽しそうに聞いていたのに、花沢流の名前が出た途端に表情がくもったように見えた。

花沢流になにか思うところがあるのだろうか。

そもそも……。

須美はどうして婚家を出たのだろうか。いろいろうまくいかなくてと言っていたが、そのいろいろとは何だろう。須美なら、どこに嫁にいってもうまくやっていかれそうなのに。

小萩は首を傾げた。

見世に戻ると、裏に留助がいた。

「留助さん、また仕事を抜けて休んでる」

小萩が見とがめた。

「人聞き悪いことを言うなよ。ちょっと一服していただけじゃねえか」

留助は頰を膨らませた。

「それより花沢流のほうは、うまくいったか？　出し物のこと教わってきたんだろ」

急に先輩風を吹かせてたずねた。

小萩は津谷から聞いた話と自分の案を伝えた。

「帰りに箱も注文してきました」

「気が利くねぇ。色はそれでいいよ。それを、ほら、得意の絵にしてさ、見せてくれよ」

留助は自分では考える気がまるでないような風である。

「これは二人で考えることになっているんですよ。私だけっていうのは困ります」

小萩は声を張った。

「だからさぁ、考えるのは俺、苦手なんだよ。こういうのをつくって欲しいって言われたらできるんだけどね。それにさ、いろいろ思うことも多いから」

「思うことってなんですか？」

「そりゃあ、あれだよ」

ちらりと仕事場の方を見る。親方と須美のことだと言わんばかりである。

「もう」

そんなの言い訳にもならない。留助とは全然関係がないではないか。小萩の口がへの字になった。

「俺さぁ」

そう言って、留助は地べたにしゃがみこんだ。小萩も並んでしゃがむ。

「以前さ、ずっと忘れていたんだけどお滝からこんな噂を聞いていたんだよね」

お滝は居酒屋で働いている留助の女房である。留助と一緒になったばかりの時は見世を辞めて長屋暮らしになったが、客商売が肌に合うらしく、最近また元の見世に戻った。酒場で面白おかしく語られる噂をお滝は家でしゃべるらしい。

「吉原に居続けていた亭主が久しぶりに家に帰って来たら、女房がひどく怒って箒で追いかけてきた。女房は薙刀の二段だか、三段だかで強えんだ。亭主は泡食って逃げたけど、廊下の端に追い詰められた。

さっと足を払われたので、えいっとばかりに跳び上がったけれど、高さが足りない。足に箒がひっかかって、そのまま地面に投げ落とされた。倒れたまま上を見ると、女房は箒を手に鬼の形相で見下ろしている。

肝を冷やした亭主は『すまん、すまん』と叫びながらはだしで逃げようとしたけど、体が前に進まない。女房殿が着物の裾を踏んでいたってさ……。

聞いた時はおかしくて、二人でお腹を抱えて笑ったんだ。だけどさぁ、その話ってたしかどこかの仏具屋だったんだよ」

薙刀に仏具屋……。須美のことかもしれない。

「それ、本当の話なの？」

「そりゃあ、飲み屋の噂だから面白おかしくなっているよ」

でも、まったく根も葉もないつくり話ではない。

「その後、そのご夫婦はどうなったの？」

「知らねえ。どうなったんだろうな」

留助はうつむいた。

須美の言っていた「いろいろ」とは、そういうことだったのか。

小萩は首を傾げた。


午後になり、お客もまばらになったので、小萩は菓子帖を開いて花沢流のおさらい会の菓子を考えることにした。

鮮やかなうぐいすきなこを砂糖蜜で固めて、松の抜き型で抜く。これが『羽衣』。『経正』は白と思ったけれど、白は源氏の旗印だ。平家は紅だから、紅にしなくては。紅色の干菓子で家紋を焼き印で押す……。

仕事場に行って家紋を集めた冊子を開いた。

「何を探しているんだ?」

伊佐がやって来てたずねた。

「平家の家紋を探しているの」

「それなら揚羽蝶だ。だけど、うちには揚羽蝶の型も焼き印もないよ」

残念。

考え直しだ。

「おさらい会の曲目のひとつなんだけど、経正って平家の武将の幽霊が出てくるの」

「ふーん」

伊佐は考えている。

「だったら、干菓子を薄くのばして折って兜（かぶと）の形にしたらどうだ？　揚羽蝶よりわかりやすいだろ」

そうか。そうすればいいのか。

小萩が小さくありがとうと言うと、伊佐は片頰をあげて笑った。やさしい目をしていた。

「いくつ考えるんだ？」

「全部で五つ。これで二つ目」

「留助さんは相談にのってくれないのか？」

「忙しいって取り合ってくれなくて。でも、こういうのをつくって欲しいと言われたらできるって」

「小萩がおおまかに考えて、留助さんが形にするのか。なるほどな。それでいいじゃないか」

伊佐は行ってしまった。

小萩が一人で格闘しているうちに夕方になり、そろそろのれんを下ろそうかという時間になった。

お福がやって来て言った。

「今日はもういいよ。のれんを下ろしたら、私の部屋においで」

小萩が奥の三畳に行くと、お福は座って庭を見ていた。

「襖を閉めて」

お福に言われて、小萩は襖を閉めた。お福はいつになく厳しい目をしている。小萩もお福の前にきちんと座った。

「他でもない、須美さんのことだ。世間じゃ面白おかしく言う人もいるから、あんたも噂話を聞いているかもしれない」

改まった調子で言った。地獄耳のお福のことだ。留助と小萩の会話をどこかで聞いていたのかもしれない。

「須美さんはてきぱきしててしっかり者で器量もいい。なのになんで実家に戻されたのか、気になるだろ？」

「はい」

小萩は夕日を見ていた時の須美の悲しげな顔を思い出した。

「あの人のことはお景さんがよく知っているんだ。お景さんから聞いた話をするよ。小萩はいっしょにいる時間が長いから、事情を飲み込んでおいた方がいいと思うんだ」

お福は小萩の目を見て言った。

「そもそも嫁に行ったらその家の家風になじまなくてはならない。花嫁が白無垢を着るだろ。あれは、家風に染まりますって意味だ。家風というのは大事なものだ」

諭すようにお福が言った。

「うちは商売屋だ。つくって売るから職人の家ともいえる。なんでもざっくばらんだし、少々いい加減なところもある。弥兵衛さんがああいう人だからね。須美さんの家も親父さんが職人だから、うちと似たようなものじゃないのかね。でも、嫁入り先の天日堂は違う。代々続く由緒ある家柄だ。須美さんが嫁に行ったばかりのころ、姑の房ゑさんに叱られたそうだ。お辞儀の頭が低すぎる。ぺこぺこ頭を下げると卑しく見えるって」

「そうなんですか？」

小萩は驚いた。頭が高いと言って怒られたことはあるが、頭が低いと言って叱られたことはない。

里のある鎌倉のはずれの村でも、この日本橋でも、知った人に会うとおかみさんたちは挨拶をする。

「まあ、いつもいつもありがとうございます」

ぺこり。

「こちらこそ、お世話になっております」

ぺこり。

「先日は結構なものをいただきまして」

「いえいえ、つまらないものでお恥ずかしい」

ぺこり。ぺこり。

何か一言言うたびに互いに頭を下げる。ときには謙遜しすぎて卑屈に見えることもある。だが、それらは世間様と上手につきあっていく知恵のようなものだ。

「そういうのが嫌いなんですか」

「そうらしいねぇ。意味もなく頭を下げることはないって考えなんだ」

「見世に来たお客さんにもですか？」

「ああ。でも不親切なわけじゃないし、品物は上等だ。だいたい仏壇なんて一生に何度も買うものじゃないだろ。お寺さんの紹介で見世を選ぶ。あちこち見て、一番安い見世で買うなんてこともあまりない」

つまり、格式があり、誇り高く、なんでもきちんとしているのだ。

なぜか、小萩の頭に津谷の姿が浮かんだ。

「あーずまあーそびーのかーずかずにー」

扇を持った津谷はすべるように舞台を歩いていた。

「天日堂の房ゑさんは一人娘で、ご亭主は番頭だった人だ。先代が見込んで婿にしたんだよ。商売熱心だけど家のことは房ゑさんに任せきり。須美さんのご亭主の万太郎さんは一人息子で、元来おとなしい性格だ。だから天日堂では房ゑさんが『こう』と言ったら、みんながそれに従うんだ」

須美は房ゑに見世の者の手本となって働けと言われた。朝は一番に起きてかまどに火を入れ、夜は終い湯に入って風呂を掃除してから眠る。先代は亡くなっていたけれど、大おかみは存命で奥の部屋にいた。ほとんど寝たきりの大おかみの世話も須美の仕事になった。

「元来まじめな人だからね、一生懸命やったんだ。大おかみは須美さんをかわいがってそばに置きたがった。なかなか子供に恵まれなかったけど、ようやく五年目に身ごもった。だけど、お腹が大きくなって、息子が生まれても同じだ。大おかみが呼べば夜中でも起きて世話をした。大事な孫が、ぐっすり眠れないからと、房ゑさんは自分の部屋に連れて行った」

「須美さんには、子供がいるんですか？」

小萩は驚いてたずねた。

「ああ。大輔(だいすけ)って名で七つになる」

お福が答えた。

「あーずまあーそびーのかーずかずにー」

小萩の頭の中で子供たちが舞台を歩いている。

どの子も品のいい顔立ちをして、素直そうで行儀がいい。

「六年前に大おかみが亡くなり、続いて主(あるじ)の舅(しゅうと)も突然倒れて死んでしまった。万太郎さんが跡を継いだけれど、頼りにしていた番頭が辞めたりと見世の中はごたごたした。商いがうまくいかなくなってしまったんだ」

女は商いに口を出すものではないと言う房之の言葉に逆らって、須美は見世に出た。貸し付けた金がそのままになっている取引先やお客がいくつもあったので、事情を話し、金を返してもらった。縁の切れていた古いなじみのところを訪ねて注文を取った。高い値段で仕入れていた仕入れ先は思い切って新しいところに変えた。

「須美さんはそこいら中に頭を下げたんだよ。そうやって、たった一年半で見世を盛り返した」

大手柄である。芝居や物語なら、ここでめでたし、めでたしとなるはずだ。

だが、実際は違った。

「半年後、須美さんは離縁になった」

「どうしてですか?」

思わず小萩の声が高くなった。

「天日堂の家風に合わないからだそうだ」

「私には……意味がよく分かりません」

小萩は低い声で言った。

「房ゑさんが言ったそうだ。痩せても枯れても天日堂だ。やたらとお客に頭を下げるような商いはしていない。いくら金を返してもらうためだと言っても、内輪の事情を打ち明けるなんてみっともない。ご先祖様に申し訳ない」

「でも、そうしなければ品物は売れないし、お金も戻って来なかったんでしょう? 須美さんだって必死だったんですよ。そうして天日堂を守ったんですよ。どうして、そのことを分かってあげなかったのかしら」

小萩の言葉にお福は困った顔になった。

「あたしだって、そう思うよ。房ゑさんがそんな風に怒っても、ご亭主が味方になってくれたら違ったかもしれない。けど、ご亭主という人は母親の言いなりなんだそうだよ」

亭主も姑といっしょになって須美を責めたのだろうか。

小萩は須美が哀れに思えた。

「女が子供をおいて家を出るなんて、よっぽどのことだ。考え抜いた上で、それがみんなのためになると思って天日堂を出たんだよ」

お福はそう言うと、大きなため息をついた。

二

おさらい会の菓子は大体まとまってきた。

うぐいすきなこでつくるきなこ飴は松の形に抜く。

干菓子を板状にして兜の形に折る。猩々を赤にしたので、色は青にした。

猩々は酒に酔った妖怪だ。赤く染めた飴を糸のように細くのばしてくるくると繭のように巻く。これはぼうぼうに伸びた髪だ。

土蜘蛛はどら焼きの皮を薄く焼いて斜めに何本も焼き印で筋を入れた。蜘蛛の巣のつもり。

胡蝶も飴で、黄色く染めた板を真ん中でねじって蝶のつもり。

絵に描いて留助に見せた。

「この兜は伊佐さんが考えてくれたの。猩々の赤い飴は幹太さん。ほかは、私の工夫なんだけど、どうですか？」

「おお、いいんじゃねぇか。面白いよ。こんな風につくればいいんだろ。分かった」

「本当にいいの？　留助さんから言うことはないの？」

「大丈夫、大丈夫。この絵より面白くしてやるよ」

留助は当然という顔で請け合った。

その日、半日かけて留助はあれこれと知恵をしぼり、菓子を仕上げてくれた。

言葉どおり、留助がつくった見本は小萩の絵よりも数段よくなっていた。色は華やかで、形も楽しい。兜は金の飾りがあり、猩々には黒ごまの目がついているし、土蜘蛛は白い飴の糸を吹いている。

「どうだ？　いいだろう。小萩と俺が組むと面白いもんができそうだな」

留助も満足そうだ。

徹次も賛成してくれたので、津谷に見せに行くことにした。

出かける支度をしていたら須美が額に汗を浮かべて、あわてたようにやって来た。

「花沢流の師範のところにうかがうと聞いたんですけど、ご一緒してもいい？　久しぶりに津谷先生にお目にかかりたくて」

なぜか、少し思いつめたような真剣な表情をしている。

「津谷さんをご存じだったんですね。どうぞ、どうぞ。留助さんが行かなくて私一人なので、ちょっと心細かったんです」

小萩は笑顔で答えた。

二人で師範の屋敷に向かった。案内された座敷で待っていると、津谷が出て来た。

一瞬、須美の顔を見ると、おやという顔になった。

「少し前から二十一屋さんでお世話になっております。今日は、先生のところにうかがうと聞いたので、荷物持ちについてまいりました」

須美が挨拶した。

「そうですか。それはそれは。お久しぶりですね。お元気ですか？」

津谷は親しげに話しかけた。

二人は同じ書道の先生の元に通っていたそうだ。

「判子屋ですからあまり汚い字では困りますし」

須美が肩をすくめる。

「とんでもない。きちんとしたきれいな字だと先生がいつも褒めていらっしゃいましたよ」

津谷が言う。懐かしそうな二人の会話を聞きながら、小萩は風呂敷包みをほどいた。

「ところで、ご依頼の菓子の見本を見ていただけますでしょうか。演目にちなんだ五つの菓子を詰めました」

蓋をあけると津谷は歓声をあげた。

「まあ、かわいらしい。二十一屋さんにお願いしてよかったわ。これなら、きっと子供たちも喜びます」

津谷は子供たちというところに力をこめた。須美は目をあげた。瞳が強い光を放っている。

「あーずまあーそびーのかーずかずにー」

小萩の頭に仕舞の稽古をする子供たちの姿が浮かんだ。

そのとき、女中がお茶と菓子を運んできた。

「お稽古も進んでいるんですよ。みなさん、本当に上手になりました。教える私も力が入ります。どうぞ、ご覧になっていってください。舞台の袖から少しだけでも」

津谷は須美の目を見つめて言った。

「ありがとうございます。お心遣い感謝いたします」

須美は小さくうなずいた。その頬が紅潮していた。

小萩は合点した。

やはり、稽古をしている子供たちの中に、大輔という須美の息子がいるのだ。

「では、さっそく稽古場にまいりましょうか」

津谷が立ち上がった。須美も続く。渡り廊下を通って稽古場の入り口まで来ると、中から元気のいい子供たちの声が聞こえて来た。

「みなさん、おそろいのようですね。中には入れませんが、ここからでも様子が見えますよ」

津谷が戸に手をかけた。

そのとき、背後で低い声がした。

「あんた、ここで何をしているんだい？　大輔には近づかないという約束じゃないか」

須美はびくりと体を震わせた。小萩が振り向くと、銀髪のやせた女が冷たい目でこちらをにらんでいる。

「天日堂さん。この方たちはおさらい会のみやげ菓子をつくっていただく菓子屋さんです。そのために稽古風景を見ていただくところです」

津谷がきっぱりとした調子で言った。

「そういうことなら、こちらの方だけにしていただけませんか。中に私の孫がおりますから。この女に会わせるわけにはいかないんですよ。そういう風に決めたんです」

「私はただ……」

須美が口ごもった。

「おさらい会まで間がないんだ。あんたの顔を見たら大輔は心を乱す。半年、一年と稽古を積み重ねてきたのに、それが無駄になる。舞台で恥をかくかもしれないんだよ。そんなことも考えないで自分の気持ちばかりを押し通そうとする。それが自分勝手だと言っているんだよ」

張りのある声で須美を叱咤した。

この人が姑の房ゑか。

頭のいい人なのだろう。言葉を返すすきを与えない。

「お引き取り願いたい」

ぴしゃりと言い放った。

——大輔、手が違うよ。こうだよ。

部屋の中から子供の声が響いてきた。

子供の名を聞いて、一瞬須美は視線を泳がせた。

けれど、次の瞬間に表情が変わった。

すっと背を伸ばした。

「失礼をいたしました。これで帰ります」

背を向けて歩き出した。


屋敷を出てからもしばらく須美は何も語らなかった。

ずいぶん歩いて日本橋の通りまで来たとき、ようやく須美は大きく息を吐いた。

「須美さん。そこの茶店で少し休みましょうか」

小萩が言った。

「そうね。そうするわ」

力なくうなずいた須美の目は赤かった。

「もう、会わないという約束だったの。母だとも名乗らないという」

熱い茶を一口飲んで須美は言った。

「なぜ？　どうして、そんな約束をしてしまったんですか？」

小萩はつい責める口調になった。

「大輔に新しい母親が来たときになつかないからと」

そう言って須美はうつむいた。

冷たい目でこちらをにらんでいる房ゑの顔が浮かんだ。

理屈は通っているかもしれないが、相当に意地が悪い。

小萩は自分のことのように悔しくなった。

「姑(はは)は最初から私が気に入らなかったみたい。でも、万太郎さんがどうしても一緒になりたいと言ってくれて。舅(ちち)もかわいがってくれたの。そのことが姑には余計腹が立ったようで、『嫁として私を納得させるような働きをしてくれ』と言われた」

朝一番に起きて、夜は最後に眠る。見世の者の模範となるよう、率先して人の嫌がる仕事をする。

「私が甘え上手だったら、きっとうまくいったんでしょう。どこかで参ったと言えばよかったのかもしれない。でも、私も意地っ張りでしょ。負けてたまるかと思ってたから。疲れても、疲れた顔をしない。力仕事だって。ほら、薪割りだってできちゃうでしょ」

そう言っておどけたように笑った。そのときだけいつもの須美の顔になった。

「そういうのはなんでもないの。全然へっちゃら。突然、舅(ちち)が亡くなって見世が大変だったときだって、私はめげなかったのよ。万太郎さんが嫌がることは、私が代わりにやる。天日堂のためなら何度でも頭を下げる。そう心に決めていたから」

須美は遠くを見る目になった。

「見世は盛り返したけれど、なぜかしらね、万太郎さんとの間がぎくしゃくしてきた。そしてある日、人から吉原になじみの女がいると教えられた」

須美はとっくに冷めてしまった茶をぐいと飲みほした。

小萩は留助から聞いた酒場の噂話を思い出した。箒で亭主を懲らしめたという女房の話だ。

「私ね、朝帰りした万太郎さんを箒で家から追い出したの。もちろん本気じゃないわ。真似事よ。ちょっとだけ懲らしめるつもりだった。あの人に謝らせて、きれいさっぱり水に流して、もう一度やり直すつもりで。それができると思っていたのよね」

だが、やり直すことはできなかった。

「もう遅い。無理だって言われた。いっしょにいられないって。それじゃあ、しょうがないでしょ。だから、あの家を出た。大輔と二度と会わないって約束もそのとき。それが二年前のこと」

小萩はたずねた。

「でも、息子さんに会いたいでしょ」

「会いたいわ。胸がちぎれるくらい。でも、今日行ったのはいけなかった。姑の言う通りだわ。私の考えが浅かった」

須美は立ち上がった。


夕餉が終わって須美は帰った。小萩が洗い物をしに裏の井戸に行くと、留助と伊佐、幹太が集まっていた。

「ねぇ。相談があるんだけど」

小萩は昼間のことを話した。

「私は何とかして須美さんと大輔さんを会わせたいの」

てっきり賛成をしてくれると思っていたが、三人は首を傾げた。

「問題は子供がどう思っているかだよな。大事なのは子供の気持ちだよ」

留助が言った。

「どうして？　おっかさんよ。会いたいに決まっているわよ」

小萩は言った。

「さあ、どうだろうな。七つになれば、いろいろ自分で考える。おばあちゃんたちから何を聞かされているか分からねぇし。勝手に出て行ったおっかさんが、今度はまた勝手に自分に会いたがっている。そう思うかもしれねえよ。それじゃあ、素直には喜べねぇよ」

伊佐も複雑な表情で言った。伊佐はやはり七歳のとき母親に置き去りにされ、牡丹堂に来た。それ以後、ずっと行方知れずだった母親が、突然、伊佐の前に現れた。それは懐かしいばかりではない出来事だった。

「今、子供の傍にいるのはおばあちゃんとおとうさんだ。大事な人なんだよ。おばあちゃんやおとうさんの悪口は聞きたくないし、その人たちが傷つくようなことはしたくない」

幹太もいつになく考え深そうにしていた。

「小萩の気持ちも分かる。だけど、これは須美さんと大輔さんの問題だ。俺たちが口をはさむことじゃねぇ。俺が大輔だったら、構わねぇでくれと言うな。おっかさんに会いたくなったら、自分で会いに行くさ」

伊佐はきっぱりと言った。

小萩はうつむいた。

三人の言うことはもっともだ。だが、息子に会いたいという須美の気持ちはどうなるのだ？

「話ができなくてもいいのよ。遠くからながめるだけでも。それも、余計なことかしら？」

「それは須美さんが決めればいい」

伊佐が言った。

幹太がうなずいた。

「みんなが幸せになる方法があるといいな」

留助が言った。

三

おさらい会の日が来た。

子供たちのみやげの菓子も準備ができた。

男の子は青い箱、女の子は紅色の箱。中は落語会の菓子と同じように四畳半のように五つに仕切って、それぞれ違う菓子が入る。

飴でつくった真っ赤な猩々は黒い眼玉をつけた。恐ろしげで、しかも愛嬌のある顔つきをしている。飴でつくった蝶は黄に赤や緑の縞が入って華やかになった。松を象(かたど)ったきなこ飴も香ばしく、味のいい青大豆のきなこを選んでいる。

留助が張り切って、どこに出しても恥ずかしくない、いや、自慢できるものになった。

おさらい会は能舞台のある向島(むこうじま)の屋敷を借りて行うという。

菓子を納めるのは小萩と留助の仕事になった。小萩は須美もいっしょに行ってほしかったが、須美は朝からことさら忙しそうに働いている。その背中には「声をかけないでくれ」という札が貼ってあるように見えた。

小萩はもどかしい思いで須美をながめていた。

「そういえば、おさらい会の場所は木母寺の近くだったね。木母寺には梅若塚があるから、みんなで技芸上達の祈願をするんじゃないのかい？　小萩は隅田川の話を知っているだろ？」

お福が声をかけた。

「隅田川ってなんですか？」

「有名な話だ。お能にもなっているんだよ」

京都の貴族の子である梅若丸が人買にさらわれ、隅田川のほとりで亡くなった。たまたま居合わせた高僧が、梅若丸の供養のために柳の木を植えて塚を築く。一年後、梅若丸を探していた母親がやって来て塚の前で念仏を唱えると、梅若丸の亡霊が現れる。母親が息子を抱きしめようと近寄ると、幻は腕をすり抜ける。母親の悲しみは増すばかり。朝になって亡霊の姿が消えると草ぼうぼうの塚があるだけだ」

「ずいぶん悲しい話ですね」

「ああ。幻でもいいから一目会いたいと思うけど、実際にそうなったら、余計淋しくなるかもしれないね。須美さんから話は聞いたよ。息子さんが今日のおさらい会に出るんだろ。そりゃあ、会いたいだろうよ。でも、須美さんは行かないって決めたんだ。そっとしておいておやり」

お福に諭された。

楽屋口に行って案内を乞うと、津谷が出て来た。

「ご注文のお菓子でございます」

留助が伝えると、さっそく箱を開けて中を改めた。

「このたびはご無理を申しました。ありがとうございます。こちらにお願いしてよかったです。お時間はありますか？　あと、もう少しで一番目の羽衣が始まります。ご覧になっていきませんか？」

津谷がたずねた。

小萩はちらりと留助の顔を見た。忙しいから帰ると言うかと思ったら、「それはありがてえな。楽しみだ」と答えた。

脇の隅の方に席をつくってもらって座った。

すでに客席のほとんどはうまっていた。子供のおさらい会だから、来ているのは両親や祖父母たちであろう。上等そうな着物で品のいい顔立ちをしていた。武家や裕福な大店の人たちだろうか。

客席の中央に房ゑの姿が見えた。隣に丸顔のおとなしげな顔立ちの男が座っている。あれが万太郎か。周囲の人たちと何やら親し気に話をしていた。

しばらくすると、黒い袴に黒い着物の三人の子供たちが舞台に登場した。一礼すると、中央の子供が立ち上がった。

「あの子が大輔だな」

留助がつぶやいた。三人の中で一番背が高いが体は細い。小さな顔に光る意志の強そうな黒い瞳が須美によく似ていた。

「あーずまあーそびーのかーずかずにー」

子供たちは大きな声で謡い出した。

大輔は扇を手に舞台の中央に進み出る。

「そーのなーもつーきーのいーろびーとはー」

後ろに控える二人の子供の声が重なった。

以前、稽古風景を見せてもらったときは津谷が謡い、子供たちが後に続いた。だが、今日は津谷はいない。子供たちだけだ。

大輔は扇を手にゆっくりと体を回転させた。足の運びもなめらかで、背筋が伸びている。堂々とした姿だ。

その時だ。

「あーまーのー、まーつばーら……」

突然声が小さくなった。しまったと言う顔で、右の子供が左の子供を見る。どうやら間違えてしまったらしい。

右の子供は困った顔でうつむく。左の子供も黙ってしまった。

一瞬、舞台は静まり返った。大輔の足が止まりそうになった。

(頑張って)

小萩は思わずこぶしを握った。

客席も緊張しているのが分かる。

大輔は意を決したように姿勢を正すと、今まで以上に大きな声をあげた。

「うーきーしーまがくーもーのあーたかやーまーやー」

はっとしたように左の子供が顔をあげて続く。右の子供も元気よく声を張り上げた。

「ふーじーのたーかーねー」

何事もなかったように舞台は進んで行く。

(よかった)

小萩はほっと息をついた。

「おい、びっくりさせるじゃねぇかよ」

隣の留助がつぶやいた。

ふと見ると房ゑが涙をふいていた。万太郎もうれしそうに笑っている。

子供の晴れ姿を誇らしく、同時にはらはらしながら見守る祖母と父だった。

「立派ないい息子に育ってるじゃねえか。小萩、太輔さんの様子をよく見ておけよ。それで、須美さんに伝えてやるんだ」

「わかりました」

小萩は答えた。知らないうちに泣いていて、涙声になった。

須美に大輔の姿を見せたかった。

なぜ、今、万太郎の隣に須美がいないのか。

須美のしたことは天日堂にとってそんなに許せないことだったのか。

どうにもならないと分かっているのに、悔しくてたまらなかった。

二日ほど過ぎた。

小萩が見世にいると牡丹堂に二人の男の子がやって来た。少年というには少し幼い。大人はついて来ていないらしい。二人とも身ぎれいにしているから、裕福な商家の子供のように思われた。どこかで見た顔のような気がした。

「お菓子を買いたいのですが」

背の低い丸顔の子が言った。

「千代紙の箱に五種類のお菓子が入っているんです。松に兜に蝶々、猩々と土蜘蛛が入っているんです」

もう一人の細い目をした子が言った。

「それって……、この前の仕舞のおさらい会のときのおみやげですか？」

「そう、それです」

「しまっておいたら、弟に食べられちゃったんです」

「だから、この子にもう一度、つくってやってください」

二人は同時にしゃべった。

「でも、あれは、おさらい会のために特別に……」

言いかけた小萩は見世の外にもう一人、子供がいることに気づいた。

「おい、何、しているんだよ。大輔も来いよ」

細い目をした子が言った。

大輔？

須美の息子の大輔のことか。

あらためて眺めれば、二人は大輔といっしょに舞台に上がっていた子供ではないか。

小萩はあわてた。

その時、おずおずとした様子で大輔が見世に入って来た。

どうしよう。

須美を呼ばなくては。それよりも菓子だ。留助に頼んだら同じものをつくってもらえるだろうか。

「あ、ちょ、ちょっと待っ……。菓子は……」

小萩はすっかりあわてて、自分でも何を言っているのか分からなくなった。

「どうしたんだい。騒がしいねぇ」

お福がやって来た。

小萩はお福に後を頼み、自分は仕事場に行って留助に伝えた。

「そりゃあ、いくつかは残っているよ。だけど全部はないんだ。一個だけつくるなんてできねぇよ」

留助は渋い顔をした。

「そ、そうですよね」

その足で台所に回る。須美が煮物をしていた。

「大輔さんが来ています」

須美は何を言っているのか分からないという風に首を傾げた。

「だから大輔さんが見世に今、友達といっしょに三人で来ているんです。この前のお菓子をもう一組欲しいって」

はっと驚いた顔になると、須美は菜箸を持ったまま裏口から表に出た。

「今、お見世にいるんですよ。行ったら会えますよ。早く、早く」

だが、須美の足が止まった。

「いいえ。いいの。会わないほうがいい」

「どうして？　大輔さんが自分からやって来たんですよ」

小萩はもどかしい思いで須美の手を引っ張った。

「ありがとう。でも、いいの。そういう約束ですから」

須美は頑固に首を振った。

「それは向こうが勝手に決めた約束でしょ」

「違うわよ。大輔のことを考えて、その方がいいとなったの」

叫ぶように須美は言った。

どうしてこんなに融通(ゆうずう)が利かないのだ。もっと素直になればいいのに。小萩は悔しくて悲しくて、つかんだ須美の腕をぶんぶんと振った。

そのとき、植え込みの向こうに子供の顔がのぞいた。

姿が現れた。

やわらかな頬と丸い眉毛のあどけない顔立ちの、けれど須美によく似た意志の強そうな瞳をしている。

大輔だった。手には菓子の包みを大事そうに持っている。留助がなんとか、形をつけてくれたらしい。

「おかあさん。大輔です。ご無沙汰をしております」

大人びた様子で頭を下げた。

須美の足が一歩、二歩と前に出た。その足が止まる。

「津谷先生からおかあさんがこちらにいらっしゃるとうかがって、友達といっしょに来ました。ここに来たのは自分の考えです。津谷先生には、もう大きいのだから自分で考えて、いいと思ったことをしなさいと言われました」

澄んだ目がまっすぐ須美を見つめている。

須美が静かに口を開いた。

「おさらい会は上手にできたそうですね。話を聞いて私もうれしかった」

「本当のことを言えば、少し危なかったんです。でも、津谷先生が途中でつまずいても、最後まであきらめない気持ちが大事だ、三人で気持ちを合わせればできるっておっしゃっていたのを思い出して、頑張りました」

「そう、偉いわ。津谷先生に教わったことを思い出したのね」

答える須美の声が震えている。

「私は度胸がいいんです。だから、お稽古のときよりも舞台の方が上手にできます。この次はおかあさんも安心して見に来てください」

「そうね。できるなら……」

短い沈黙が流れた。

大輔の足がおずおずと一歩前に出る。さらに一歩。

須美も近づく。

手を伸ばせば届くほどに近づいた。

けれど、そこで須美の足が止まった。大輔も立ち止まる。二人の間には見えない壁があるかのようだった。

「来てくれて、ありがとう。ずいぶん背が伸びて。見違えるようだわ」

須美がのどの奥から絞り出すような声を出した。

「背が高いのはおかあさん譲りだって、みんなが言うんだ。それを聞くと、うれしい。得意になる」

須美は大輔の言葉に顔をくしゃくしゃにして、泣き笑いのような顔になった。

「ずっと会いたかったんです」

そう言って大輔は須美に腕を伸ばした。けれど、須美は悲しそうな顔で首を横にふった。

「どうして？　おかあさんは私に……」

言いかけた大輔の言葉を須美は遮（さえぎ）った。

「私とは会わないという約束なの。おばあさまやお父さまと相談して、それがあなたのために一番いいと考えたの」

それを聞くと、大輔は顔を真っ赤にしてうつむいた。肩が揺れている。

「でも、今日は特別。ねぇ、お稽古の話をもっと聞かせて。今は何をおさらいしているの？」

須美がことさら明るい声でたずねた。

小萩が仕事場に行くと、二人の子供たちは端のほうにちょこんと座り、飴をなめていた。

「今日は特別だからな。いつ来てもあると思うなよ」

留助は言いながら、饅頭を包んでいる。

「家に帰ったらな、二十一屋でもらいました、いいお菓子屋ですって、うちの人に言うんだぞ」

その様子を徹次や伊佐、幹太が仕事の手を休め、笑いながら眺めている。

やがて、戸が開いて須美と大輔の姿が現れた。

「忙しいのに、お時間をいただいてすみません。そろそろ帰るそうです」

「楽しい時間はあっという間だねぇ。大通りまで送っていっておやりよ」

お福も顔をのぞかせて言った。

三人は菓子の包みを抱え、須美に送られて帰っていった。

短い出会いだった。

あっけないくらい。

須美も大輔も話したいことはまだたくさんあったに違いない。

「しっかりしたいい子だ」

お福が言った。

「ああ。さすが須美さんの子だ。会いたくなったら、ここにいるのは分かっているんだ。また会いに来ればいい」

徹次がうなずいた。

けれど大輔がまた会いに来たら、須美は今日のように顔を見せるだろうか。大輔が須美と会ったことを知ったら、房ゑや万太郎は何と言うだろうか。

今日は特別。二度はない、ことなのだ。

須美と大輔の気持ちを思うとたまらなくなった。小萩は両手をぐっと握りしめた。

煉(ね)り切(き)りの淡い夢

一

山野辺藩からふたたびお呼びがかかったので、弥兵衛と小萩は上屋敷に向かった。

いつものように台所役首座の井上三郎九郎勝重と補佐の塚本平蔵頼之が現れた。

「先日の菓子は大変、評判がよかった。奥の方々も喜ばれた」

言葉とは裏腹に頼之はなぜか渋い顔である。

「とくに、あの真っ赤な猩々（しょうじょう）がよかった。少し気味が悪いところがかわいいと言って、みなが楽しんだ」

嫌味な調子で言った。勝重の薄く開けたまぶたの奥の目がぎろりとこちらを見た。

小萩は「おや？」と思って顔をあげた。赤い飴でつくった猩々は子供たちの仕舞のおさらい会のみやげ菓子に入れたものだ。山野辺藩には納めていない。

「だが、こちらの菓子には、赤い猩々は入っておらなかった。それを残念がられた。こちらがよかった。どうして、こういう楽しいものがないのかと仰（おお）せである」

「さようでございますか。大変申し訳ないことをいたしました」

弥兵衛が平伏する。

そもそも、たった十六箱しかつくらなかったおさらい会のみやげ菓子のことをどうして知っているのだ？

山野辺藩の奥の方と近しい方がいたのだろうか。

小萩の頭は忙しく動く。

「千代紙を貼った箱は面白い。しかし、最近は同様のものがあちこちで出回っていると聞く。別の見世からも同工異曲の菓子を見せてもらった。あれは、わが藩のために考えられたものではなかったのか」

頼之がたずねた。

別の見世とは、伊勢松坂のことだろうか。

小萩の頭に勝代の顔が浮かぶ。

伊勢松坂は、以前、二十一屋と見かけも味もそっくり同じ菓子を、安い値段で売り出したことがある。こちらが箱に工夫をこらしたと聞けば、すぐにそれを上回るようなものを用意するに違いない。

そういえば、おととい、通りで千代紙屋の手代に出会ったら「おかげさまでよく売れております」と挨拶された。そのときはあまり気にしなかったのだが、伊勢松坂だけでなく、ほかの菓子屋でも似たようなものを売り出したのかもしれない。よいとなったら、すぐに真似をする、いやいや、取り入れるのが江戸の商いというものだ。

「ご立腹はもっともでございます」

弥兵衛が重ねて言う。

「五日後に奥の方々が宴(うたげ)を開く。そのための菓子を注文したい。今度は箱だけでなく、菓子にも知恵をしぼってもらいたい。あの猩々のような楽しいものがよいと仰(おお)せだ。菓子は必ず御留菓子(おとめがし)にしてほしい」

御留菓子とは山野辺藩のみの品。よそには出さないということだ。

屋敷を出ると、弥兵衛がたずねた。

「それで、その猩々ってのはどんな菓子なんだ?」

「大酒飲みの妖怪なので、赤い飴を糸のように細くのばして、繭のように丸くまとめて黒ごまで目玉をつけてみました。子供たちにも怖いけどかわいいと喜ばれたんですよ」

「なんだ飴かぁ。気味が悪くてかわいい菓子とは、どういうものかと思ったよ」

「だって、小さい子のおみやげですから。あとは松の形に抜いたきなこ飴に、蝶々のようにねじったもの」

「ふんふん」

弥兵衛はなにやら考えている。おだやかな午後で、道の脇にはたんぽぽが咲いていた。

「それで、その菓子は誰が考えた？」

「最初に私が絵を描いて、留助さんがそれを菓子に仕上げたんです。留助さんは最初から考えるのは苦手だけれど、こんな風にしたいと言われたらつくれるからって。言葉通り、私の絵よりも数段面白いものになりました」

「そうか……。よし、今度もそのやり方で行こう。小萩が先に絵を描け。どんな風に作るとかできるかどうかなんてのも気にしなくていい。ともかく自分が食べてみたい、こんなものがあったら面白いと思うものを絵にするんだ」

「それでいいんですか？　こんなものできるかって、怒られませんかねぇ」

小萩は少し心配になってたずねた。

「ああ、いいんだ。職人っていうのは菓子を考えるとき、まずどうやってつくるかを考える。あたりまえだ。今まで学んだ土台ってもんがあるからな。だから、その範囲の中で考えようとする。得意なもんで勝負したいんだ。それを飛び越えたところに新しいもんがあるんだけど、それを飛び越えるのは難しいし怖い。自分じゃそのつもりじゃなくても、どうしても安全なところで勝負したくなる」

「私なら飛び越えられるんですか？」

「もともと土台がねぇからな」

冗談にしてもきつい。小萩は肩を落とした。

「ははは。冗談だよ。おめぇだって、そこそこ土台ができている。だけど、前にも言っただろ。仕事をはじめてからまだ二年ほどで、それも見世の仕事をやりながらだ。圧倒的に時間が足りねぇ。半人前の手前にも行ってねぇ」

「はい」

言われてみればその通りだ。がっかりした。

「職人たちに正面からぶつかっても勝てねぇ。だから脇をねらうんだ。人がまだやってないこと。隙間をつく。はいつくばっても、飛び越えても、横入りでもなんでもいい。とにかく別の道を探すんだ。唯一無二の、ほかの奴らには簡単には真似のできない菓子をつくるんだよ」

そんなことが簡単にできるのだろうか。

「そりゃあ、簡単じゃねぇよ」

弥兵衛はあっさりと答えた。

「伊佐を見てみろよ。あいつが牡丹堂に来たのは七つだ。それから毎日、盆も正月もなく菓子に向き合ってる。あいつ、口をへの字にして生真面目な顔して菓子つくってんだろう？　もう牡丹堂のほかには行くところがねぇ、そう思って十年以上やってきたんだ。そういう奴と勝負しようっていうんだぞ」

「あの、別に勝負しなくてもいいです。伊佐さんに勝てると思ってませんから」

小萩はますます自信を失って言った。

「ばかやろう。江戸で生きるっていうのは、生半可なことじゃないんだ。みんながみんな息せき切って、ない知恵絞って前へ前へと進んでいるんだ。いい加減な気持ちでいたら、たちまち取り残される」

弥兵衛が厳しい顔で小萩を見た。

「お前、江戸に来たばっかりのとき、川上屋のお景さんに憧れてたんだってな」

「今でも憧れていますよ。素敵な人じゃないですかぁ」

他人に奇抜だと顔をしかめられても、自分が素敵だと思う着物と帯を身に着け、人の流れの中を胸をはって、さっそうと歩くお景は胸のすくようなかっこよさがあった。

あれこそが江戸の女だと思った。

お福に江戸に来て何をやりたいんだとたずねられたとき、小萩は答えた。

――これが私だって胸をはって言えるようになりたいんです。どこそこの家の娘とか、お鶴ちゃんの妹とか、時太郎(ときたろう)の姉ちゃんでなくて、私は私。小萩と呼ばれたい。

「これが私だって胸をはって言うっていうのはな、昨日とか、今日だけのことじゃねぇんだよ。毎日、毎日、積み重ねて、年取ってお棺の蓋を閉めるときに、そう思えるかって話なんだ。そりゃあ、生半可なことじゃねぇさ」

弥兵衛はやさしい目をして言った。

気持ちのいい風が若葉の香りを運んできた。

きっと弥兵衛もお福も、いや、徹次も伊佐も牡丹堂のみんな、さらに川上屋の冨江やお景も、自分らしく、堂々と、これが私だと胸をはって言えるような毎日を過ごしたいと思っているに違いない。

「最初におめえが来た時は、どうせ、若い娘の気まぐれだと思った。一年ぐらい江戸見物をしたら里に帰りたくなるだろうと高をくくっていた。だけど、違った。ちゃんと、お前らしい、お前にしか見えないものを見つけてくるようになった。それでいいんだ。その道をまっつぐ行け」

「はい」

小萩の頭にある光景が浮かんだ。それは江戸に来たばかりの頃のことだ。

酔いつぶれた弥兵衛は伊佐に背負われていた。

——伊佐は筋がいい。きっといい職人になる。

弥兵衛はそう伊佐を褒めた。そして、小萩にはこう言ったのだ。

——お前は……いいおっかあになれ。

あの時、小萩はずいぶんがっかりしたものだ。けれど、今は弥兵衛の気持ちがよくわかる。田舎から菓子が好きだと出て来て働き始めた。不器用で菓子の知識もろくにない。菓子職人になりたいという覚悟もなく、ただ、菓子が知りたいとしか答えられなかった。

甘い菓子や江戸の暮らしに憧れた若い娘。

たしかに、あのころの小萩はそうだったかもしれない。

右も左も分からなくて、ただ、菓子に憧れていた。

けれど、今は少し違う。

まだもやもやとして形が見えないけれど、小萩は何かをつかもうとしている。そして、そのことを弥兵衛も認めてくれた。それがうれしい。

「ひとつ、知恵をやる」

弥兵衛が言った。

「菓子は目で見て、舌で味わう。それだけじゃなくて、耳で聞くという楽しみがある。それはなんだか分かるか？」

「菓銘のことですか？」

「そうだ。菓銘は聞いて感じる余情であり、耳で味わう季節感だ。よく似た菓子でも、菓銘によって見える景色が変わってくるんだ。奥の方々が猩々を気味悪くてかわいいと思ったのは、元の物語を知っているからだろうな」

ひととき話に花が咲いたのかもしれない。

「京菓子ってのは、そのあたりをよく考えてあるんだ。だけど、どうも江戸の菓子には菓銘の妙がない。悔しいけどな」

たしかに二十一屋の菓銘は朝顔、都鳥などと言った風に、見た通り、そのままというものが多い。

「江戸っ子はせっかちだからな、いろいろ考えるのは苦手なんだ。それに和歌にちなんだものは京の地名が多いから、今一つ、ぴんとこない」

桜を描いた菓子に嵐山（あらしやま）というのがある。嵐山といえば、京の桜の名所である。だが、残念なことに、大方の江戸っ子は実際に嵐山を見たことがない。ならば、江戸の桜の名所で、隅田川堤とか飛鳥山（あすかやま）とかつければよさそうなものだが、意外に座りが悪いらしい。

「うちに都（みやこ）の錦（にしき）という菓子があっただろう。あれは霜崖（そうがい）さんの茶会のためにつくった菓子だ。なんで、その名前がついているか分かるか？」

弥兵衛がたずねた。

ころんと丸い形のきんとんという生菓子で、桜色と若草色のそぼろが入り混じっている。

「都の錦だから京のことですよね。江戸の桜は花が散って葉が出ますけど、京の桜は花といっしょに葉がでるから、若草色が入っているんじゃないんですか？」

「しょうがねぇなぁ。何にも考えてねぇんだな。若葉にしちゃ、若草色の分量が多いだろ。あれは桜の葉じゃない。柳の若葉だ。古今和歌集にあるんだ」


——見わたせば柳桜をこきまぜて　宮こぞ春の錦なりける　素性法師

「べつに歌のことなんか知らなくても、春らしい情景だと分かればそれでじゅうぶんだ。だけど、元の歌を知っていた方がもっと楽しいとは思わないか？　茶会っていうのは、そういう分かっている人たちばかりが集まっている。だから、こっちもそういう仕掛けを入れておく」

「和歌は苦手なんです。百人一首ぐらいならなんとか……」

「まぁ、そっちはおいおいな。とりあえずは、能楽だな。山野辺藩の奥の方はお能が好きらしいから、能楽にちなんだものができないか考えてみるといい」

弥兵衛はそれだけ言うと、自分の仕事は終わったという顔をした。

見世に戻って徹次に伝えると、今度も小萩と留助が中心になって進めるということにな

った。

猩々が人気になっていたと言うと留助は喜んだが、また、新しい菓子を考えることにな

って困った顔になった。

「お能にちなむなんて言われてもなぁ。あれは、苦手だ。眠くなる。そうだ、花沢流の津

谷さんがいるじゃねぇか。小萩が行って、いろいろ聞いてこい」

自分も行くとは言わない留助である。

だが、小萩はそれでいいと思った。

なにしろ弥兵衛に、小萩にしかできないものを考えろと言われたのだ。赤い猩々が思い

のほか評判が良かったことも後押ししている。

今度も頑張ろうと、意気込んでいた。

小萩は一人、午後、津谷の手の空いた頃合いを見計らってたずねた。事情を説明すると、

たちまち笑顔になった。

「じつは、山野辺藩にはうちの師匠がお稽古に上がっているの。そのほかに、こちらにお稽古にいらしている方もあるのよ。お話のついでに、この前のお菓子を見せたのよ。私の分がちょうどひとつあったから。あんまり面白いって眺めているから、私、つい、お持ちになりますかって言ってしまったの」

「じゃあ、津谷さんはお味見をしていないのですか？」

「そう、見るだけ。私はひとつも食べてないわ。でも、気にいっていただけたのね。それならよかったわ」

無邪気な様子で言った。

なるほど、それで山野辺藩の奥の方々に伝わったのか。

「それで、演目なんですけれど」

小萩はたずねた。

「そうねぇ。何がいいかしら」

津谷はたくさんの教本を並べた。

「みんなが知っている有名なものを。できれば見せ場のある派手なもの」

「そうねえ、たとえば『葵上（あおいのうえ）』なんかはどうかしら。源氏物語の中の一話よ。嫉妬に狂った六条御息所（ろくじょうのみやすどころ）が生霊となって葵上を呪い殺そうとするの」

「呪い殺す」という物騒（ぶっそう）な内容を目を輝かせて津谷が話すので、小萩は驚いた。

「面白そうですけど、お菓子の題材としてはどうでしょうか……」

「そうねぇ。じゃあ、『道成寺（どうじょうじ）』なんかは？　歌舞伎にもあるでしょ？」

「たしか蛇が出てきますよね」

「そうよ。鐘の中に白拍子（しらびょうし）が入って、次に鐘を持ち上げると蛇に変わっているのよ」

白拍子は嫉妬に狂った女の情念で、蛇の姿となって寺の鐘もろとも相手の僧を焼き殺そうとする。

今度は焼き殺すのか……。

「あの、もう少し、なんていうか、恐ろしくない話はありませんか？」

これでは怨念だらけの呪いの菓子箱になってしまう。

「ああ、じゃあ、これはどうかしら？　『安宅（あたか）』。弁慶（べんけい）と義経（よしつね）の勧進帳の話よ」

わずかな手勢とともに山伏（やまぶし）に扮して義経一行は奥州に逃げる。途中、安宅の関で役人の富樫（とがし）に呼び止められるが、弁慶はいつわりの勧進帳を読んで無事、関を通る。

「そうですね。それはいい話だわ」

小萩は答えた。

弁慶や義経が菓子になったら面白いかもしれない。

「そうでしょう。これは私も大好きなの」

津谷はうれしそうだ。本当に能楽が好きなのだろう。

「ねぇ。『杜若（かきつばた）』にしたら？　季節にもあうし、お花だからいいと思うのよ」

「季節にもあっていますよね。ちょうど今、見世でも杜若の菓子があるんです」

小萩は膝を乗り出した。

求肥（ぎゅうひ）の生地を淡い紫と白に染め分けて、白あんを包んでいる。折り紙を折るように、ごく簡単に形を整えているが、四角を集めたような杜若の花の雰囲気をとらえている。

「杜若のお話はね、在原業平（ありわらのなりひら）の『伊勢物語』の八橋（やつはし）の段にちなんでいるの。京から下ってきた公達（きんだち）が杜若の花を見て『かきつばた』の五文字を句の上において、歌を詠むの」

から ころも（唐衣）
き（着）つつ馴れにし
つま（妻）しあれば
はるばる（遥々）きぬる
たび（旅）をしぞ思ふ

「なんだか悲しい歌ですね」

「そうね。都を離れて見知らぬ土地へと旅をするんですもの。都に未練があるし、旅の行方も定まらないから心細いのよ」

能の舞台では登場するのは旅の僧と杜若の精で、杜若の精は舞を舞い、悟りの境地を得て夜明けに消えるという筋立てだ。

「そうか、だからなんだ。今、気がついたわ」

小萩は声をあげた。

実際の杜若の花は深い青色なのに、牡丹堂の杜若は淡いやさしい色合いになっている。菓子の色が淋し気な色なのは、伊勢物語を背景においているからに違いない。

――しょうがねぇなぁ。何にも考えてねぇんだな。

弥兵衛の声が聞こえたような気がした。

「あの、そのお能の舞台では、杜若は何を語ろうとしているんですか？　たとえばですね。杜若の菓子を人に贈るときは、どんな気持ちがこめられていると思いますか？」

小萩はたずねた。

津谷は意味が分からないという風に小首を傾げた。

「ですから、ある人がある人に杜若の菓子をあげたんです」

「それはあなたのこと？　あなたがお菓子をいただいたの？」

「そうじゃなくて……」

小萩は口ごもった。

須美のところに息子の大輔がたずねて来た。大輔を見送った須美は台所にこもってしばらく出て来なくなった。

「熱いお茶と菓子を持って行け。しばらく台所にはだれも入るな」

小萩が菓子箱から饅頭を取り出そうとすると、徹次が言った。

「それじゃなくて、杜若にしろ」

台所に行き「親方からです」と須美に菓子を渡すと、須美は驚いたように目をあげた。

「この菓子はたしか……」

「杜若です」

その途端、須美の頬に少し赤みが差した。驚きとうれしさと安堵が入り混じったような不思議な表情をした。

小萩はどきりとした。

須美を美しいと思い、同時に見てはいけないものを見たような気がした。

徹次は無口で余計なことはしゃべらない男だ。だが、繊細な人でもある。杜若という菓子で何を伝えたかったのか、分からなかったのだ。

「物語は、それぞれの人が自分にあった受け止め方をすればいいと思うけれど……」

津谷は小さく首を傾げた。

「もし私が淋しい、辛い気持ちでいるときに杜若の菓子をいただいたら、うれしいわ。やさしさを感じると思う」

「そうか。そうですよね。伝えたかったのは、やさしさですよね」

小萩はにっこりとほほえんだ。


津谷は参考になるようにと、たくさんの教本も貸してくれた。

見世に戻ってさっそく預かった教本を眺めていると、留助がやって来た。

「どうだ？　いろいろ教わって来たか？　津谷さんに聞いてよかっただろ」

そう言って教本を手に取った。

「へえ、『紅葉狩』って演目があるんだ。あれぇ、『菊慈童』もある。『西行桜』……、『石橋』ってのは知っているよ。獅子と牡丹だ。なんだ、菓子箱なんかすぐできるじゃないか」

うれしそうな声をあげた。

「留助さんは花の菓子を並べればいいと思っているんでしょ」

小萩はちらりと見て言った。

「そうだよ。もちろんだよ。『紅葉狩』はきんとんでさ、『菊慈童』ははさみ菊かなんかにすればいいんだよ。桜の菓子も牡丹の菓子もたくさんあるから、そこから選べば形になるよ」

職人というのは自分の範囲の中で考えるものだと弥兵衛が言ったのは、このことか。

「今回のお菓子は、そういう風に今あるものを組み合わせるんじゃなくて、なにか新しいものを付け加えたいの」

小萩は胸を張った。

「なるほどなぁ。けど、それは難しいよ」

「難しいのは、しょうがないんです。だって、お能なんですよ。そんな簡単にいきませんよ」

つい小萩の声が高くなった。

「なんだか、やけに張り切っているなぁ。とにかくなんか絵に描いてくれよ。そうしたら、こっちも考えるからさ」

留助は肩をすくめて行ってしまった。

教本の表紙には、能面をつけ、装束を身にまとった登場人物が描かれていた。ある者は美しい女で、ある者は老人だ。鬼の形相をしている者もある。

一冊を手に取り、表紙をめくると、初心の者に向けた津谷のものらしい書き込みが目に入った。

――シテと呼ばれる主役の一人の演技で舞台が進むのがふつうです。たいていの場合、出来事はすでにすんで、舞台の人々はそれを思い出すことになります。シテの多くはもはやこの世にいない人、すなわち幽霊です。天女や妖怪など不思議の世界のもの、強い憎しみや恨み、悲しみで己を見失った人も登場します。

「だからなんだ」

小萩は思わず声をあげた。

『隅田川』は物狂いで、『葵上』は生霊、『道成寺』は蛇となった女と、この世ではない、どこか別の世界に身をおいた人ばかり取り上げられているのは、そういうことだったのか。

とすると、悲しく、恐ろしく、切ない物語が中心なのだろうか。

しかし、それは菓子とは、相いれない世界なのではあるまいか。

小萩は首を傾げた。

また、別の書き込みを見つけた。

——深い無常観、地獄語りを謡い舞うすさまじさを表すように。

これが能の世界なのか。

子供たちの仕舞を見て想像していたものとは違うような気がする。

無常観や地獄語りは、どうしたら菓子につながるのだ？

これはまずいぞ……。

小萩は教本をぱたんと閉じた。

赤い猩々のような楽しいものをと言われたことは、すっかり頭から消えていた。

少し頭を休めようと座敷に行くとお福が須美といっしょに片付けものをしていた。

「ああ、あたし一人じゃ捨てられないものが、須美さんといっしょならどんどん捨てられるから不思議だね」

そう言いながら、お福は納戸の戸を開け、次々と柳行李（やなぎごうり）を持ち出して来た。

「これは何が入っているんだろうねぇ」

古すぎて、自分でも何が入っているのか分からないらしい。

「まぁ。物持ちがいい」

須美が笑った。

幹太が赤ん坊のときに使ったよだれかけだった。

「まだ、きれいだから捨てるのはもったいないと思ったんだよ」

お福は照れ臭そうな顔をした。

別の行李には着なくなった浴衣(ゆかた)が何枚も入っていた。ほどいて別のものにするつもりで、その時間もないままに忘れてしまっていたらしい。

そのほか、新品のさらし布が何反も出て来た。古くなって黄ばんでいる。

「洗えばきれいになるかねぇ。だめなら雑巾だ」

徹次に伝えて仕事場で使ってもらうことにした。

須美は家で使うもの、古着屋に引き取ってもらう布類、屑屋に売る紙や瀬戸物類と手際よく分けていく。小萩は横ではたきをかけてほこりをはらったり、雑巾でふいたりした。

「これは何だったかねぇ」

お福が行李を開けた。

「あらあ」

須美が声をあげた。

華やかな彩りの子供の晴れ着が入っていた。

「お葉の七五三の着物だよ。こっちは三歳で、こっちは七歳だ。ほら、全然傷(いた)んでいないよ。幹太に女の子ができたら、着せられるね」

幹太に言ったら、今からなにを気の早いことを言っているんだと呆れるだろう。

だが、お福は大真面目である。取り出して座敷に広げた。

お葉の七五三の晴れ着は三歳が牡丹の花で、七歳が御所車だった。大人の晴れ着をそのまま小さくしたような立派なものだった。数十年も昔のものだが、色もあせずきれいなままだ。

「一度、風にあてたほうがいいでしょうね。それにしても生地も染めも上等のものですねえ」

須美は衣桁にかけながら言った。

「そりゃあ弥兵衛さんが張り切ったんだよ。あたしたちは、最初の子供を亡くしているからお葉が七五三を迎えたときは本当にうれしかったんだ。七歳までは神のうちって言うじゃないか。ほっと安心したんだよ。女の子っていうのは不思議だね。ふだんはまるで子供なのに晴れ着を着ると娘の顔が垣間見える。あたしたちはお葉のためにも頑張って牡丹堂をもり立てなくちゃって思ったよ」

たしかお葉が七歳のときに、十四歳だった徹次と十二歳の鷹一が牡丹堂に来たと聞いた。

この年、牡丹堂は力強い一歩を踏み出したのだ。

「じゃあ、幹太の晴れ着もどこからか出てくるかもしれないね」

お福は言った。

幹太の晴れ着のほうは納戸の箪笥（たんす）の中から出て来た。黒紋付の羽織袴だった。

「かわいらしいですねぇ。大輔がお宮参りに行ったときを思い出します」

須美は目を細めた。

この日は曙（あけぼの）のれん会の会合があり、夕方になると、徹次が支度をはじめた。曙のれん会は江戸の有名どころの上菓子屋が集（つど）う寄り合いで、山野辺藩のお出入りが許されて、晴れて二十一屋も名を連ねることになったのだ。日本橋の名のある料亭で開かれる。

二十一屋にとっては名誉なことだが、派手な席が苦手な徹次は渋い顔である。

「初回だから挨拶なんかさせられるかなぁ。困ったなぁ」

渋々というかんじで出かけて行った。

戻って来たのは、夕食の片付けもすんで須美や伊佐たちが帰って五つ半（午後九時ごろ）だった。徹次は少し酔っていた。

「どうだったんだい？」

お福がたずねた。

「ええ、その前にお茶を一杯もらいます」

小萩は熱いほうじ茶を持って行った。幹太もやって来た。

「いや、華やかなものでしたよ。上席には大久保主水や金沢丹後さんはじめ、老舗名店のご主人がずらりといる」

新参者の二十一屋は末席である。

「俺は末席だろうが、何だろうが構わねぇ。けどね、伊勢松坂は今は勝代が当主だから上座だ。その向かいに船井屋本店の新左衛門さんがいる」

伊勢松坂は当主であった松兵衛一家が夜逃げ同然で去り、その後釜に吉原の妓楼主である勝代が入った。牡丹堂にとっては因縁のある相手だが、新左衛門も勝代を毛嫌いしている。

そもそも松兵衛一家が見世を手放すことになったのも勝代の策略であり、うかうかしていると、ほかの見世も同じ轍を踏むことになると新左衛門は事あるごとに繰り返した。新左衛門が自分についてあれこれしゃべっていることは、当然、勝代も知っている。快く思っていないに違いない。

だが、そこは大人同士。面と向かっては愛想よく世間話に興じている。

「芝居の話なんかして二人で笑っているんだよ。俺はああいう真似はできねぇなぁ」

徹次はしみじみとした調子で言った。思ったことがすぐ顔に出るのが徹次である。新左衛門に呼ばれでもしたらどう答えようかと、内心案じていたのではあるまいか。

「まぁ、そんな風に穏やかに話をしていたのは最初のうちだけだ。嘉祥菓子の話になったら、みんなの顔つきが変わっちまった」

嘉祥菓子とは六月十六日の嘉祥行事に食べる菓子のことだ。古来、この日に菓子を食べると災いから逃れるとされている。毎年、将軍家では大広間に菓子類を並べ、挨拶に参上した大名や旗本に配る。庶民もそれにならい、菓子を買い求める。

これまで二万個にも及ぶ将軍家の菓子づくりは、大久保主水が担うと決まっていた。

「勝代がそこに手を回したんだな。千個を請け負うことに決まったそうだ」

千個といえば、相当な数だ。

しかも、一度、請け負うことが許されたなら、来年はさらに数を増やすことも考えられる。

「大久保主水は寝耳に水のことだったらしい。突然、勝代に言い出されて顔色が変わった」

その場は大騒ぎになった。

勝代は言った。

――曙のれん会はみんな仲良く和合し、助け合いながら江戸の菓子を盛り上げようというのが趣旨だとうかがっております。それなのに、なぜ、将軍家の嘉祥菓子は長きにわたって大久保主水様、一店のみに許されておりますのでしょうか。

今回、伊勢松坂が千個の菓子を請け負ったのは、伊勢松坂だけの利益を考えたものではございません。他の菓子屋にも広く門戸を開くものでございます。

「まるで大久保主水が悪者みたいな言い方だねぇ」

お福がつぶやいた。

「そうなんだ。たしかに大久保主水は江戸で一、二を争う菓子屋だ。だからといって嘉祥菓子を独り占めしていいという理屈にはならねぇ。ほかの見世も本音のところでは、大久保主水がうらやましい、自分のところも加わりたいと思っていたんだ」

それまで、曙のれん会に勝代が加わることに反対する声がなかったわけではない。表立って声をあげる者はいなかったが、内心苦々しく感じていた者も少なくなかった。

だが、その一言で、風向きが変わった。

とくに見世の格からいえば二番手。歴史もさほど古くない、規模も中くらいというところの店主たちが色めき立った。

勝代は自分たちが口に出して言えないことを言ってくれる。できなかったことをやってくれる。

この女と組めば、いい目が見られる。

そんな風に思ったらしい。

反対に厳しい顔で沈黙していたのは、金沢丹後などの老舗の店主たちだ。

勝代はこれまでの秩序を壊そうとしている。うかうかしていると、次は自分たちが標的となる。そう感じたようだった。

あちこちから声があがったが、その渦の真ん中で勝代は落ち着き払って座っていた。義は我にありとでも言いたそうな自信に満ちた顔をしていた。

「一人、新左衛門さんだけが『ほれ、見たことか』と言わんばかりに薄笑いを浮かべているんだ。俺の知っている新左衛門さんは穏やかな性格で頭もいい中道の人だった。すっかり人が変わっちまったようで少し気味が悪かった」

小萩は勝代のことになると目つきが変わり、口角泡をとばして危ない女だと語り出す新左衛門の姿を思い出した。

「じゃあ、これから江戸の菓子屋には嵐が吹くのか？」

幹太がたずねた。

「たぶんな。少なくとも曙のれん会は今までのようにはいかねぇ。もしかしたら、勝代にしたらこれが手始めで、次々と新しい手を考えているかもしれねぇ」

徹次は難しい顔をして腕を組んだ。

「まいったよ。うちは勝代とは山野辺藩の注文でも争っている上に、曙のれん会のごたごたにも巻き込まれそうだ」

「困ったことだねぇ」

お福もため息をついた。

二

小萩が裏で洗い物をしていると、幹太がやって来てたずねた。

「おはぎ、この頃、ばあちゃんが時々、ひとりで出かけるだろ。どこに行っているか知ってるか？」

「ううん。聞いていない」

しばらく前からお福はひとりで出かけるようになった。「ちょっとそこまで」と言うだけで、詳しい行先は告げない。最初は小半時（三十分ほど）だったが、その時間がだんだん長くなって今はゆうに一時（いっとき）は見世を空ける。今まではそうしたことはなかった。

「おかしいだろ？」

「そうねぇ」

「まさか、また妙な占いに凝っているんじゃないだろうな」

お福は勝代が仕立てた偽占い師を信じて高価な数珠（じゅず）や壺を買わされ、牡丹堂は大騒ぎになったのだ。

「心配し過ぎよ。おかみさんはもう数珠をつけていないし、須美さんと押入れや納戸を掃除したけど壺もなんにも出てこなかった」

「いや。なんかある。今度、ばあちゃんが出かけるって言ったら、俺に教えてくれ。後をついていってみる」

幹太はなにかにおうというように鼻を動かした。

夕方、お客が切れて暇になった。

「じゃあ、小萩、見世を頼んだよ。あたしは少し出るから」

お福はそう言うと裏口から出て行った。小萩は急いで仕事場に行った。

「幹太さん、おかみさんが出かける」

「おう。分かった」

小さく答えると、前掛けをはずした。

留助が真剣な顔でやって来て、小萩の耳元でささやいた。

「見世は俺が見てる。親方が戻って来たら、うまいこと言っておく。だから、小萩もいっしょに動いてくれ」

「わかりました」

なにがなんだかよく分からないが、ともかく大事な使命らしい。小萩も前掛けをはずして幹太といっしょに見世を出た。

お福は表通りに出ると、神田の方に向かって歩いていく。

意外に速い足でお福のころりと丸い姿は、人波に紛れて見失ってしまいそうだ。幹太は真剣な顔でお福の背中を追っていた。

「ねぇ。おかみさんが出かけると、なにが問題なの?」

「分かってねぇなぁ。なんか、俺たちの知らないところで、牡丹堂がいろいろ変わっているんだよ。気づかねぇのか?」

「須美さんが来たこと?」

「それもある」

「それもある。曙のれん会には勝代がいる。面倒なことはあるだろうな」

幹太は大人びた調子で言った。

「だけど、俺が言いたいのはそっちじゃない。この前、伊佐兄が親父に言われたんだ。幹太を助けるなんて思わなくていいんだ。自分で見世を出すことも考えろ。お前ならそれができるだろうって」

「それ、どういうこと？」

小萩は驚いてたずねた。

以前、小萩は弥兵衛が伊佐にこう言ったのを聞いた。

――幹太を頼むな。あいつのことを守ってやってくれ。

伊佐自身も二十一屋には育ててもらった恩があるから、幹太を助けながら見世をもり立てていくのが自分の仕事だと思っているはずだ。

「そうなんだ。伊佐兄はずっと牡丹堂にいるつもりだって答えたんだ。そしたら、親父が言った」

――その考えがいけねぇ。そう思っている限り、お前の腕は二番で終わりだ。絶対に一番になる。そしていつか自分の見世を持つ。自分の才覚で見世のもんや女房子供を養うんだって心意気を持つから伸びるんだ。

「それって、つまり、伊佐さんに牡丹堂を辞めろってこと？」

「今、どうこうという話じゃないよ。気持ちの問題だ」

「だって、以前、千草屋さんから話が来たことがあったじゃないの」

千草屋のお文（ふみ）は伊佐にひかれていた。伊佐も心憎く思っていたのではないか。だが、結局、伊佐は牡丹堂にとどまった。

小萩の胸は伊佐がどこかに行ってしまうのではないかという思いでいっぱいになった。

ぎゅっと唇を嚙んだ。

「そんな怖い顔するなよ。心配だったら、伊佐兄にどうするつもりか聞けばいいだろ」

幹太は頬をふくらませた。

伊佐が好きなら、ちゃんと言葉にして思いを伝えたほうがいい。そうでなければ、いつまでたっても、同じ見世の仲間だ。

分かっている。

けれど、言えない。

伊佐に「そんなつもりは全然ない」と聞かされるのが怖いからだ。

「ともかくだよ。今まであたりまえだと思っていたことが、あたりまえじゃなくなってきているんだ。なにか大きなことがあるかもしれない。そういうことだ」

幹太はきっぱりと言った。

小萩は幹太の顔が自分より上にあることに気がついた。とっくに留助も追い越して、伊佐と同じくらいだ。

背ばかりのびて肉が追いつかない。手も足も長くて細い。以前は子供らしい丸顔だったが、面長になった。口元にはうっすらとひげを生やしている。声も大人の声である。

幹太はもう小萩にまとわりついてくる男の子ではないのだ。

男臭い匂いを感じた気がして、小萩は少し間を空けた。

日本橋を渡って神田に入った。道が左右に分かれ、人の流れも複雑になった。

「幹太さんは須美さんのことをどう思っているの？」

「どうって？　そうだな。きれいな人だと思うよ。たいていの男は好きになる」

さらりと答えた。

「俺、お袋がなんで親父といっしょになったのか、不思議だったんだ。だって鷹一さんは男前だし、職人としての腕も悪くない。話も面白い。全部が派手なんだ。ふつうだったら、絶対に鷹一さんの方がいいって言うと思う。でも、この前、ちょっと分かったんだ」

ちらりと小萩の顔を見た。

――おはぎにはわかるか?

という顔をしていた。

「須美さんをたずねて息子の大輔さんが来たじゃないか。あの後、須美さんは台所にもった。それで、親父は杜若(かきつばた)の菓子を持って行かせただろ」

「うん」

小萩が饅頭を持って行こうとしたら、徹次が杜若にしろと言った。その様子を幹太はちゃんと見ていたのだ。

「あのとき、ほかにもいくつも菓子があったんだ。岩根(いわね)つつじは紅色がきれいだったし、藤のやどりは華やかだ。なんで、おやじは杜若にしろって言ったのかなって思った。それで、あの後、伊勢物語をもう一度読んでみたんだよ。びっくりした。かっこ悪い男たちの話だったんだ」

幹太は断じた。

「いろいろあって都にいられなくなった男たちが東(あずま)に下って来るんだ。まだ江戸城もない昔の話だから、東っていうのは田舎のことだよ。草ぼうぼうで淋しくて、きれいな女の人もおいしいお酒もいいことなんか何にもない。自分たちは見捨てられた、忘れられた。絶望して未練たらたらで、みじめな気分なんだ」

八橋という所に来たら、杜若がきれいに咲いていた。

なんか楽しいことをしようと、かきつばたの一文字を頭にのせた歌を詠むことにする。

——からころも
きつつ馴れにし
つましあれば
はるばるきぬる
たびをしぞ思ふ

「悲しくなってみんなで泣くんだ。男たちがわぁわぁ、声をあげて。男なら我慢しろ、泣くんじゃねぇって、俺は思った」

幹太は少し笑った。

「その後、なんで、あの菓子なのかなって考えた。それでさ、親父はかっこ悪くてもいいんだよ、泣きたければ泣いてもいいんだよって言いたかったんだなって思った」

「そうなの？」

徹次が伝えたかったのは、やさしさだけではなかったのか。

小萩は首を傾げた。

「須美さんってさ、昔からかっこよかったんだと思う。美人で薙刀が強くて、字も上手でしっかり者で。そういう人だから、かっこ悪くなるのが苦手なんだ。息子が来た時だって、かっこよかったじゃないか」

「そうね。凜(りん)として素敵だった」

「無理しちゃってって思わなかったか？」

「少し、思った……」

小萩の母のお時だったら、すぐに駆け寄って抱きしめただろう。顔を見せろと言いながら、べたべたと体を触ったに違いない。来てくれてありがとう、会いたかった、腹は空いてないかと、こちらが閉口するほど自分の思いをぶつけてくるだろう。

「須美さんだって、本当はすぐに抱きしめたかったんだ。でも、できなかった。大輔さんの気持ちをおもんぱかる。それで自分の気持ちを押し殺しちゃう」

「きっとそうね」

「あの人のこと、留助さんから教えてもらったんだ。お滝さんがいる見世に天日堂のことをよく知っている人が来るんだってよ。先代が亡くなって見世が大変なことになったとき、一番頑張ったのは須美さんなんだってさ。あっちこっちに頭を下げて貸したままになっているお金を返してもらって、古いお客さんにまた来てもらったり、新しいお客さんを掘り起こしたりした。すごい頑張ったんだよ」

その話を小萩はお福から聞いた。自分だけだと思っていたが、みんなも知っていたのだ。

なんとか見世は持ち直したが、その後、須美は子供をおいて出ることになった。

「ひどいだろ。とっても辛かったと思うよ。だけど、須美さんは天日堂のことを悪く言わない。旦那を恨まない」

――万太郎さんとの間がぎくしゃくしてきた。

須美は言った。

その一言にどれだけの思いがこめられていることだろう。

「だから杜若なんだよ。もういいよ、泣きたかったら泣けばいい。だれでもそういうときがあるんだ。親父はそんな風に伝えたかったんだ」

そう言って幹太はにやりと笑った。

「本当のところはどうだか知らねぇよ。俺はそういう風に感じた。親父はあんな顔して結構やるんだよ。そのやさしさにお袋はまいったんだな」

つい最近まで、みんなが徹次と須美のことを話題にすると、幹太は不機嫌になった。いらだった様子を見せた。

けれど、この何日かで幹太は自分の中で整理をつけたらしい。

「そうさ。俺も少しは成長しているんだ。あれっ？　ばあちゃん、どこに行った？」

幹太が叫んだ。

小萩もきょろきょろと見回したが、お福の姿は消えてしまった。

「なんだよ。話に夢中になって見失っちまったじゃねぇか」

二人の探索は失敗に終わった。


翌日の午後、お福がまた見世を出た。

前日と同じように、小萩と幹太が後を追った。

お福は急ぎ足で歩いている。

日本橋を渡って室町(むろまち)に入る。まっすぐ行くと神田だ。

「昨日、おかみさんを見失ったのはこのあたりよね」

「そうだ」

幹太がうなずく。

昨日はおしゃべりに夢中になったのがいけなかった。今日は二人とも口数が少ない。

「あっ」

小萩は声をあげた。お福の姿が消えた。

「角を曲がったんだ」

幹太が走り出す。小萩も追いかける。

そこは細い路地で少し行くと道はぐるりと曲がって、その先は行き止まりだ。

「あれぇ」

幹太が首を傾げた。

「この家に入ったんじゃないの？」

黒塀に見越しの松のある家があった。

――またよからぬことにはまっているのではないか。

一瞬、そんな思いが頭をかすめる。

「ちょっと入ってみろよ」

幹太が背中を押す。きっと同じようなことを考えているのだ。

勝手口に回って戸を押すとすぐに開いた。

「ごめんください」

小さな声で言って中をのぞくと、古びた、けれどなかなか立派な家が見えた。庭もあるらしい。

「そんな小さな声じゃ聞こえねぇよ。裏口から中に声をかけろよ」

「なんて言ったらいいのよ」

「菓子屋ですが、菓子はいりませんかとか」

「菓子なんか、持ってないじゃないの」

二人でごちゃごちゃ言っていたら、庭に面した部屋の方でガラガラと音がして雨戸が開いた。お福がいた。

「二人とも、そこで何をしているんだよ。こっちに来て、雨戸を開けるのを手伝っておくれ」

どうやら後をつけていたことを気づかれていたらしい。

雨戸を開けて風を入れ、ざっと部屋を掃除した。湯をわかしてお茶を入れた。

「いい家だろ。どこぞのお大尽の隠居所だったらしいよ。造りがしっかりとしているんだ」

お福が言った。

古びてはいるが床の間の柱は立派で、欄間のすかし彫りも凝っている。天井の板も杢目がきれいだった。

縁側から眺める庭もほどほどの広さで、小さな池と石灯籠が見えた。

「裏庭もあってね、弥兵衛さんは野菜を育てたいって言うんだよ。なすとか、瓜とか青菜とか。みそも自分のところでつくって、魚も釣って来る。あとは米を買えばいいだけさ。自分たちが食べるもんは自分たちで調達するんだ」

「なんだよ、ばあちゃん。急になにを言い出すんだよ」

幹太が目をくるくると動かした。

「徹次には相談したんだけどね、所帯を別にしようかと思っているんだよ。あんたたちは今までどおり向こうに住んで、こっちには弥兵衛さんとあたしが住む。それで、ここから見世に通う」

「どうして、そんなことをするんだ。今までどおりでいいじゃねぇか」

「朝早く起きるのがつらくなったんだよ。小萩も一人前になったし手は足りてるだろ。大福づくりは許してもらおうと思ってさ。そうなると、あの家にいるわけにはいかないだろ」

「なんでだよ」

「あたりまえじゃないか。みんなが起きて仕事をしているのに、あたしだけ、寝ているわけにはいかないよ」

「じいちゃんは寝てるじゃないか」

幹太は食い下がる。

「あの人は男だもの。女と男は違うよ。あんた、ぐずぐずと男らしくないねぇ。もう、決めたんだ。見世まで歩いてもすぐだから、昼前には見世に行くよ。みんなといっしょに夕べまで仕事をしてさ。それで帰る」

小萩はお福の白い髪やしわの寄った手を眺めた。お福はとっくに七十を過ぎている。元気な人だが、やはり見世に立つのは疲れるのだろう。

「そろそろ弥兵衛さんとのんびり、おしゃべりして暮らすのもいいんじゃないかと思ってさ」

お福は笑ってお茶を飲んだ。

「小萩もお茶の入れ方がうまくなったし、大福も上手に包めるようになった。あたしがいなくても大丈夫だよ」

「なぁ、そのつもりでばあちゃんは須美さんを呼んだのか?」

幹太が真顔でたずねた。

「そのつもりって?」

お福はとぼけた。分かっているくせに。徹次と須美のことだ。

「だからさぁ。留助さんが心配しているんだ」

「留助は心配なんかしてないだろ。関係ないもの。気になるのは、あんただろ」

「俺は別にかまわないさ」

「じゃあ、いいじゃないか。あの人は気立てはいいし、気働きがある。料理も片付けも上手で、字もうまい。あの人が来てくれてから、小萩は家の仕事の心配をしなくてすむようになった。山野辺藩のことでも、仕舞のおさらい会のことでも役に立ってくれた。あたしはいい人が来てくれたと思っている。だって、あんたたちのことがあるだろ」

お福は小萩と幹太の顔を等分に眺めた。

「あたしはね、小萩が菓子を習いたいってうちに来たのに、仕事場にいるより、家の仕事をしているほうが長いのが気になってたんだ。お時さんからよろしくと言われて預かった娘さんだ。江戸に来てよかった、行かせたかいがあったと思ってもらえるようにするのが、こっちの務めなんだ」

お福はきっぱりとした言い方をした。

「幹太だってそうだよ。二、三年もしたら一人前の職人として働いてもらわなくちゃならない。今みたいに、なんでも留助や伊佐に聞いてちゃだめだ。あの二人に追いつけ、追い越せ、張り合うくらいになってもらわなくちゃ。二十一屋を背負う覚悟があるのかい？」

幹太はうれしいのと、困ったのが相半ばしたような顔をした。

「弥兵衛さんもあたしも今は元気だけど、年を考えたら何があってもおかしくないだろ。急にってことになったら、みんなが困るから、元気なうちに引くっていうのが大事なんだよ。お客さんのこともあるからね。少しずつ、少しずつ、引いていってあたしたちがいなくても、うまく回せるようにしないとね。今はちょうど、そういうときなんだ。だから、こっちは先手先手と打っていくんだよ」

お福は遠くを見る目になった。


お福を残して小萩と幹太は家を出た。

もう夕暮れの時刻で、空は青さを残したまま、端の方が少し赤く染まっていた。

「変わっていくんだな」

幹太がつぶやいた。

その横顔が大人びていた。

小萩が牡丹堂に来たばかりの頃はいたずらな子猫みたいな男の子だったが、今は声がわりをして顔立ちもずいぶん変わった。鼻が高くなって面長になったが、唇は子供のようにふっくらとしている。子供と大人の中間の、不安定で不思議な時期なのだ。

小萩も自分では気づかないが、顔つきもしぐさも二年前とは違ってきているのだろう。小萩は以前のように幹太を気安く呼ぶことができなくなったし、幹太も小萩にべたべたとまとわりつくことはなくなった。

「ずっと気になっていたんだけど、どうして須美さんは離縁になったのかしら。天日堂は須美さんが働いて見世を持ち直したんでしょ。それなら、お姑さんもご亭主も、ありがとうって感謝するのが普通じゃないの。私だったら『これからも見世のために尽くしてくださいな』って感謝して大事にする。それなのに、お姑さんは家の恥をさらしたと怒ったそうだし、ご亭主との間はぎくしゃくしてしまった。おかしいわよ。全然、意味が分からない」

小萩は話をしているうちに腹が立ってきた。思わず知らず声が高くなった。

お福は「家風に合わなかったから」と言った。その説明は分かったようで分からない。「家風」という一言で、すべてが片付けられてしまうことが悔しかった。

「そう言うなよ。夫婦とか嫁姑とかさ、難しいんだよ。人には言えないこともいろいろあるんじゃねぇのか」

妙に大人びた調子で幹太が言った。

三

夕方、お客が切れたので、小萩は仕事場に行って菓子を考えていた。

箱は決めた。白木で蓋の裏側に松の木を描く。能舞台のつもりだ。

演目はみんながよく知っていて、人気の高いものがいい。弥兵衛に菓銘を大事にしろと言われたから、それを頭において考える。

まずは演目をどれにするかだ。めでたいところで『高砂』。『猩々』に代わる怖くてかわいいものは『石橋』に出てくる獅子だろうか。

紙を広げ、獅子を描いて考えていると、留助がやって来た。

「おお勇ましいなぁ。唐獅子か？　火消しの背中の彫りものみたいだなぁ」

「ええっ？　全然違いますよ」

「いや、似てるよ。似てる。こういう勇ましいのを背中にしょっている奴を見たことがある」

留助の言葉に幹太や伊佐も集まって来た。

「唐獅子っていえば狩野永徳って昔のえらい画家の描いた屏風があるそうだよ」

伊佐が言う。

「俺には神社の狛犬（こまいぬ）に見えるけどなぁ」

幹太も笑いを浮かべた。

「別にこの絵をそのまま菓子にしようってことじゃないですから」

「あたりまえだよ。言われたってできねぇよ」

留助が切って捨てる。

伊佐と幹太は積み重なった教本を手にとって眺めた。

「『杜若』は季節に合うな。とりあえずは、入れたほうがいいんじゃないのか」

伊佐が言った。

「『安宅（あたか）』ってなんだ?」

幹太がたずねた。

「歌舞伎の『勧進帳』のこと」

「ああ。あの話は面白いよ。俺も知ってるくらい有名な話だ」

「そうだな」

伊佐もうなずく。

「よし、じゃあ、この二つは決まりだな。ほかは『石橋』の獅子と『高砂』のじいさんだよ」

留助もこの二つは入れるつもりだったらしい。

「それで四つか、あと一つだな」

どんどん話がまとまっていく。

「女の人は怖い話が好きだよ。『道成寺(どうじょうじ)』は歌舞伎にもあるな」

幹太が言う。

「おお、それでいいじゃないか」

「そうだな」

留助と伊佐が賛成した。

「待ってよ。そんなに簡単に決めないで。私にも考えさせて」

小萩は声をあげた。

「演目はたくさんあるんだ。いつまでも迷っていたら進まない。とにかく、題材を早く決めたほうがいい」

留助がきっぱりと言った。

「そうだよ。小萩は教本をながめるばかりで、ちっとも進んでねぇだろ。難しく考えても仕方ないよ。どっちにしろ、にわか知識なんだ」

どうやら、小萩が頭をひねっている様子はみんなに見られていたらしい。

「茶会もいくつかあるし、祝い事の紅白饅頭の注文も来ている。山野辺藩は大事だが、それればかりってわけには、いかねぇからさ」

留助が重ねて言う。

「この前、評判がよかったのは無欲だったからだ。大向こうをうならせるようなすごいものをつくってやろうなんて欲を出すとたいてい失敗するよ」

伊佐が淡々とした調子で諭す。

「わかりました。それじゃあ、演目はその五つで」

小萩は渋々納得した。

そのとき、入り口で訪う声がした。出ていくと船井屋本店の新左衛門がいた。早足で来たのか、端正な顔立ちの額に汗を浮かべていた。

「お福さんはおいでかい？」

「はい。奥におります」

座敷に通して、お福を呼んだ。

「あら、新左衛門さん。この間は徹次が曙のれん会にはじめてうかがわせていただきました。その折は……」

お福がていねいに挨拶するのを遮ってたずねた。

「小耳にはさんだんですが、山野辺藩からお能を題材に菓子をつくってほしいと頼まれたそうじゃないですか？」

「いえ、お能を題材にって話じゃないですよ。つい先日、子供たちの仕舞のおさらい会のおみやげを納めたらそれが好評だったとかで、似たようなものを今度は奥の方々向けにつくってほしいと言われたんです」

「どうして、そんなものを受けちゃったんですか？　まったく素直というか考えがないというか」

新左衛門は呆れたような顔をした。

お茶を用意していた小萩は、どういう話になるのかとお福の顔を見た。

「まぁ、お能は幽玄の世界だから、私どもには難しいことは分かっていたんですけどね」

「そうじゃなくて。山野辺藩には伊勢松坂も出入りしている。あの勝代と争うことになるんですよ。それを忘れちゃ困りますよ。この間の曙のれん会のことをお聞きになったでしょう。あの大久保主水さんが顔色を変えた。そういう女なんですよ」

言葉を強める新左衛門にお福は困惑した表情を浮かべた。

「今からでも断った方がいい。その話はきっと勝代の差し金です。二十一屋さんに恥をかかせようとしているんですよ。名店だのなんだのと言われているけれど、なんだこの程度だ。能のことなど少しも分かっていないってね。そんな噂を広めるつもりなんですよ」

なんだか大変なことになりそうだと思いながら、小萩は新左衛門の前にお茶をおいた。

「まぁまぁ、少し落ち着いてくださいよ。今、徹次を呼びますから。見世のことはみんな徹次に任せているんです」

徹次がやって来ると、新左衛門はさらに強い口調で言い立てた。

勝代のことになると新左衛門は少し周りが見えなくなるようだ。

以前、山野辺藩から注文の話が来た時も新左衛門は辞退するように言いに来た。勝代はおそろしい女で、勝代に逆らってたたんだ見世もあるのだと。

その言葉にお福はすっかりあわててしまい、徹次の意向も確かめず、注文を断り、曙のれん会にも入らないと言い出した。

けれど、今、お福は何も言わない。

今は徹次が見世を仕切っているのだから、その判断に任せるという。

お福の中で何かが変わったのだろう。

今や牡丹堂は徹次を中心にして回る見世になっている。

徹次は落ち着いた表情で新左衛門の話を聞いた。

「お話はよく分かりやした。ご心配いただいてすみません。ですが、一度受けてしまったお話だから今さらどうこういうのも、いかがなものかと」

「徹次さん、そんなのんきなことを言っていてはだめですよ。牡丹堂さんとは長いつきあいだ。あなたたちのことを思うから言っている。それは分かっていただけますよね」

新左衛門がたたみかける。

「もちろんだ。ありがてぇと思っています。けれど、別に能そのものを菓子に仕立てるということではないんですよ。小さな宴があるので、なにか楽しい菓子をという話だ。最初に気にいってもらった菓子ってのも、飴でね。子供が喜ぶように目玉をつけたら、奥の方々も面白いって喜んでくれたそうで。まぁ、そんな塩梅で」

徹次は穏やかに言葉を継いだ。

「それに、もともとうちと伊勢松坂さんでは菓子屋の格が違う。争う気持ちはねぇ。ひとつひとつ目の前の仕事を精一杯する。それがうちのやり方なんだ」

言葉はていねいだが徹次の態度は一貫している。ゆるがない。

とうとう新左衛門も根負けした。

「そうですか。これほど言ってもお分かりいただけないですか」

新左衛門は肩を落とした。

「ああ、残念だ。でも、私は忠告をしましたからね。心に留めておいてくださいね」

渋々という様子で帰って行った。

新左衛門の姿が消えると、小萩はおそるおそる徹次にたずねた。

「親方。私で本当によかったんですか？」

「いいんだよ。小萩は留助と力を合わせて、いつもどおりにすればいい。まとまったら見せてくれ。すごいことをしようなんて思うなよ。困ったことがあったら俺でも、ほかの者でも相談にのってもらえ」

「はい」

小萩はほっと安心してうなずいた。

「茶席菓子でも、そのほかのもんでも厳しい意見を言われることはある。お茶人と相談して、これでいいということになったのに、だれかに難癖つけられたらこっちの不手際だと非難されることもないわけじゃねぇ。そういうもんなんだ。しょうがねぇんだ。だけど、一番いけねぇのは、なにか言われるのを怖がって縮こまることだ。分かったな」

「はい」

見上げる徹次は落ち着いて堂々としていた。腹の据わった、一軒の見世を支える主の顔だった。小萩はほっと安心した。

『道成寺（どうじょうじ）』の桜、『石橋』の牡丹

一

山野辺藩に頼まれた菓子は、そろそろまとめなければならない。だが、少しも案がまとまらない。小萩の帳面には最初に描いた妙な絵があるだけだ。

夕方、仕事場の隅で帳面を開いて首をひねっていたら、伊佐が近づいて来てたずねた。

「なんで、そうため息ばかりついてるんだ？　なんか、描いたやつがあるんだろ。見せてみろ」

帳面に腕を伸ばす。

「あ、まだ、だめ。これは前に描いたものなの」

あわてて肘（ひじ）で隠したが、遅かった。

「なんだ？　この棒みたいなものは」

「金剛杖よ。安宅の関で義経が関所役人の富樫に見とがめられるんだけど、弁慶が義経を金剛杖で打ち据えて切り抜けるの」

小萩は渋々答えた。

「飴でつくるのか？」

「いえ、できれば、煉り切りで」

「そんな細長いもの、煉り切りでできるわけないだろ」

呆れたような声をあげた。

「だから、困っているんじゃないの」

「ほかのもあるのか？」

伊佐に言われて渋々肘をどけた。留助と幹太も集まって来た。

「この茶色のお椀みたいなのは鐘のつもりかよ」

幹太がたずねた。

「そうよ……。『道成寺』では女が鐘の中に入って、次に出てくると大蛇に姿を変えているの」

「それならいっそ、ここにその大蛇を巻き付けたらどうなんだ？」

留助が鐘を指さし、冗談めかして言った。

「そんな気持ちの悪いお菓子、だれも食べたくないですよ」

小萩は頬をふくらませた。

「そうだよなぁ」

幹太が声をあげて笑う。

「つまり、小萩はそれぞれの演目を代表する何かを取り出して、菓子にしたいわけだな」

伊佐が言った。

「そうなの。菓子を見たら『安宅(あたか)』だとか、『道成寺』だとか分かるようなものです」

「だけど鐘はまだしも、金剛杖は菓子にならないぞ」

留助が腕を組んだ。

「でも、猩々(しょうじょう)は菓子に仕上げてくれたじゃないですかぁ」

「まあ、あれは子供のみやげだろ。大事なのは五つの菓子が並んだ時に、これはお能を菓子に仕立てたんだって、すぐ分かることだ」

「そうだ、お能らしさがねぇんだ」

留助の言葉に伊佐も幹太もうなずく。

「歌舞伎でも、落語でもない。お能ならではのものですよね」

小萩も重ねた。

言葉で言うのは簡単だ。だが、どうすればいいのだろう。

「小萩は仕舞のおさらい会に行ったんだろ。なにを見てきた?」

伊佐がたずねた。

大きな松の幹を描いた舞台、独特の節まわしの謡い、演者のすべるような動き。

言葉にするのは難しい不思議な世界だった。

それをどういう風に菓子に表したらいいのか分からない。

ちらりと留助の顔を見たが、留助も困った顔をしていた。

「もう一度、津谷さんのところに相談に行ってきます。なにか、教えてもらえるかもしれません」

「そうだな。それがいい。俺もいっしょに行ったほうがいいか？」

留助が心配そうな顔をした。

「だいじょうぶです。最初の案を考えるのは私の仕事だから、私一人で行きます」

小萩が答えると、伊佐が言った。

「一人で抱えるな。俺たちも相談にのるからな」

「ああ。そうだよ。知恵を貸すからさ」

幹太も先輩顔で小萩の肩をたたいた。

花沢流の稽古場をたずねた。お能について学びたいと言うと、津谷は笑顔になった。

「そうね。能は決まりごとがいろいろあるのよ。小萩さんのおっしゃるお能らしさって、その決まりごとの中にあるかもしれないわ」

津谷は小萩を別棟にある能舞台に案内した。

舞台の正面には枝ぶりのよい大きな松が描かれている。

「これが能舞台。小萩さんは仕舞のおさらい会にもいらしたから、ご覧になっていますよね」

津谷は微笑むと、背筋を伸ばした。その途端、生徒たちを前にした先生の顔になった。

「ここで能楽が演じられます。能楽には能と狂言とふたつがあって、能は悲しい物語が多く、一方、狂言はこっけいな寸劇のようなものです」

何度も同じように説明をしているのだろう。津谷は歯切れのいい言葉で話しはじめた。

小萩は紙と筆を取り出して、書き留めた。

「主役の人はシテと呼ばれます。主に神様や亡霊という役柄で、面をつけて登場します。たとえば『羽衣』の天女です」

小萩はうなずく。

「それに対して、相手方はワキで、こちらは生身の人間です。面をつけません」

『羽衣』では漁師の役か。

「そのほか、囃子方や狂言方もあります。囃子方は笛や太鼓など楽器の係。狂言方はアイと呼ばれ、シテが退場している間に物語をつないだりする役です」

　津谷はよどみなくしゃべる。

「左側に渡り廊下のようなものが見えますね。あれは橋掛りというもので、この世とあの世、天と地をつなぐ場所だと考えられているものです。『羽衣』の天女はここから登場します」

　この世とあの世。見える世界と見えない世界。今、小萩たちがいる場所とどこか違う別の場所。二つが出会うのが能なのだ。幽玄の世界というのは、そういう意味か。小萩はまた、うなずく。

「大事なのは序破急です。序の部分はゆったりと厳かに、破で物語が展開します。急で変化を見せながらさらりと運び、おおらかに結ぶのがよいといわれています」

　そこで津谷は言葉を切った。

「急ぎ足で説明をしてきたけれど、大丈夫？　ついて来ている？」

「はい。津谷先生のお話はとても分かりやすいです」

　小萩は答えた。

　津谷はうなずくとおもむろに表情を変えた。

「ねぇ。須美さんはお元気？　どうしている？」

津谷の言葉に小萩は首を傾げた。

「だって、ほら、突然、大輔さんを行かせてしまったでしょ。あの子、須美さんがお稽古のときに来ていたというのを、どこかで聞いたらしいの。それで、おかあさんがどこにいるのか知りたい、会いに行ってもいいかって。房ゑさんや万太郎さんに言っても許されるはずがないから、私のところに来たんでしょ。だから、自分で考えて、会いに行ったほうがいいと思ったらそうしなさいと勧めたのよ。でも、後になって本当にそれでよかったのかしら。余計なことをしてしまったんじゃないかと心配になったの」

「須美さんは、本当にうれしかったと思います。大輔さんの背が伸びていたので驚いていました」

津谷は「そこなのよ」というように、小さくため息をついた。

「じつはね、あの後、須美さんから文をいただいたの。『大輔をよこしてくださってありがとうございます。言葉遣いも態度もしっかりとしていたので驚きました。津谷さまはじめ日頃のみなさまのご指導に感謝します』って書かれていた。いつもの読みやすい、しっかりとしたきれいな字でね。私はそれを見て涙が止まらなくなった」

津谷は目頭（めがしら）を押さえた。

「会えてうれしかったというのは、本当の気持ちだと思うわ。ずっと会いたかったと思う。だけど、大輔さんのためだからと会いたい気持ちを封印してきたわけでしょ。突然目の前に大輔さんが現れて、姿を見て、声を聞いた。喜びが大きければ大きいほど、帰ったあとに淋しさが残るでしょ。須美さんにも、大輔さんにも、かわいそうなことをしてしまったんじゃないのかなと」

「須美さんの心の内はわからないけれど、でも、それでめげるような人じゃないと思います。芯の強い人だから。きっとご自分の中で折り合いをつけているんじゃないでしょうか」

大輔が帰ったあと、しばらく台所に一人でいた。けれど、出て来たときはいつもの元気で働き者の須美に戻っていた。

「大輔さんは、お稽古を休まずに来ていますか？」

「もちろん。今までどおりのおりこうさんよ。礼儀正しくて、言われたことをきちんと守って、おさらいもしてくるの。おかあさんと会ってから少し大人になった気がするわ」

津谷は笑顔を浮かべた。その笑顔は少し淋しそうにも見えた。

「須美さんのこと、ずっと気になっていたのよ。そう、じゃあ、よかったわ。二人とも安心ね」

この話はおしまいというように、津谷はくるりと背を向けた。

「ちょうど今、お稽古に来ている人がいるの。その方に頼んで装束と面をつけたところを見せてもらいましょう。でも、囃子方もいないし、シテだけなの。ほんのさわりだけど、本物の舞台はこんな感じって、分かってもらえるかもしれないから」

舞台の正面に座ってしばらく待っていると、津谷が戻ってきた。

「今からはじまるわ」

面をつけ、頭に花の冠をいだき、白い豪華な衣装をまとった演者が橋掛りからゆっくりと現れた。着物が厚いし、面で顔が隠れているが、どうやら男の演者のようだ。

「あれが『羽衣』の天女。羽衣を返してもらって天に上るのよ。私は地謡(じうたい)を務めます」

——東遊びの舞の曲
突然、津谷が謡い出した。

——あるいは天(あま)つ御空(みそら)の緑の衣
演者が津谷の声に答えるように謡う。

白い面は美しいけれど、表情はない。動きはとてもゆっくりだ。

扇を持つ手を広げて前に進み、ゆるやかに方向を変えて足を進める。

これが天女の舞いなのか。

言葉はよく聞き取れないが、謡いの音調は心地よい。

仕舞のおさらい会のときは子供たちが間違えるのではないかと、はらはらしながら見ていたが、今回はそんな心配はない。

小萩はなんだかうっとりして来た。

ふわふわと体が浮いてくるようで、うっかりすると眠ってしまいそうである。

いや、それはまずい。津谷に申し訳ない。第一、恥ずかしい。

小萩は腹に力を入れて目を見開いた。

けれど、やっぱり眠気がおそってくる。

なにしろ、朝が早かったのだ。

その上、お客もたくさん来て忙しかった。

膝においた手の指に力を入れ、爪をたてる。目を見開く。

ああ、だめだ。眠ってしまう。

そう思ったとき、演者がぱっと袖を翻(ひるがえ)した。

小萩は息をのんだ。

一瞬、美しい天女の姿が見えた気がしたのだ。

――または春立つ霞(かすみ)の衣

けれど、目をこらしたときには天女の姿は消えていた。

小萩はもう一度、天女の姿を見たいと舞台を見つめた。結局、見えないまま演者は去った。

「どうでした？」

津谷がたずねた。

「天女が見えた気がしました。でも、ほんの一瞬でした」

「それはすばらしいわ。それでいいのよ。小萩さんの心に何かが届いたということですもの」

津谷が小さく手をたたいた。

「ありがとうございます。お能というのが、少しだけ分かったような気がします」

「また、いらっしゃいね。お稽古をしてみたくなったら、声をかけてね」

小萩は礼を言って、津谷のところを辞した。

だが。

頭の中で先ほどの謡いが響いている。目を閉じれば、面をつけたシテの姿が見える。

小萩は突然、気がついた。

津谷をたずねたのは能を習うためではなくて、菓子をつくるためだった。肝心なのは、菓子を見た途端、「能にちなんでいる」と気づく仕掛けだ。

どうしよう。

そう思った途端、謡いが聞こえなくなり、シテの姿も見えなくなった。

天女は空に帰ってしまったらしい。

ああ。

思わず、道端（みちばた）の柳の木に寄りかかってしまった。

「おや、牡丹堂さんじゃないですか？　こんなところでなにをしているんですか？」

振り向くと藍色の古びた着物で髷が横を向いた侍がいた。年中日焼けしているような黒い顔で、二重まぶたの大きな目は少し飛び出して口が大きいところは、どこか魚のはぜを思い出させる。山野辺藩の留守居役、杉崎主税（すぎさきちから）である。牡丹堂にもよく来てくれたし、道端で買ったばかりの菓子をむしゃむしゃと食べている姿を何度も見かけた。そんなに偉い人だとはつゆ知らず、小萩たちは陰で「はぜのお侍」と呼んでいたのだ。

「あれ？　はぜの……、いえ杉崎様」

小萩は思わず大きな声を出した。

「あの、ご注文の菓子を考えることになって悩んでいるんです」

「注文の菓子って、まさかうちの藩のものじゃないでしょうねぇ」

からかうような目をしてたずねる。

「そのまさかです。この間、仕舞のおさらい会用に猩々を赤い飴でつくったものがあって、それがお気に召したとかで、奥の方々の宴の菓子を用意するんです」

「それを、あなたが考えるんですか？」

「そうなんですよ。猩々は私ともう一人で工夫したので」

「あなたですかぁ。そうか。いやあ、さすが牡丹堂さんだなぁ。いいですよ」

杉崎は手を打ってしきりに感心した。

「そうですか？」

「だって、そうでしょ。ふつうは、そういう特別注文の菓子は古株の職人が考えるものだ。若い娘さんに預けたりしない」

「そうですよね。私もそう思います。でも、職人だとどうしても今までにあるようなものになるから、私のような未熟なものがいいと言われました」

「まったくその通り。人の使い方を分かっている」

杉崎は何度もうなずく。小萩は自分のことを未熟だと言ったけれど、それは少々の謙遜を含んでいる。そんなに納得されたのでは立つ瀬がない。知らずに頬が少しふくらむ。

「あの赤い猩々はたしかによかった。一目見て気に入ってしまった。それで、奥の方にお見せしたら、とても喜ばれた」

つまり、今度の注文は杉崎からはじまったことなのか。

「もしかして、花沢流の津谷さんのお菓子を持って行ったというのは、杉崎様のことですか？」

「そうなんですよ。津谷さんが自分用にとっておいたものらしいです。『どうぞ、お持ちください』なんて言うからお言葉に甘えたけれど、後から聞いて悪いことをしたと思った」

杉崎はどこか憎めないところがある。いかにもありそうなことだ。

「じゃあ、今度の菓子はお能にちなんでいるんですね。楽しみ、楽しみ」

山野辺藩きっての俊英だ。さすがに察しがいい。

「お能はいいですよ。習い始めて間がないけれど、すっかり夢中になってしまった」

杉崎は夢見るような目になった。

「どの演目がお好きですか？」

「『葵上』ですね。源氏物語が基になっていて、嫉妬に狂った六条御息所（ろくじょうのみやすどころ）が生霊（いきりょう）になって葵上にとりつく話ですよ」

津谷が最初に勧めてくれた演目だ。

「六条御息所は美人で気位が高い。育ちがいいから、不機嫌な顔を人に見せたりしないんですよ。そういう人の『たが』が外れたら、すごいでしょうねぇ」

むふふと笑う。

「『道成寺』はどうですか？」

「ああ、あれも面白い。裏切られたと知って、怒りで大蛇になって殺しに来るんでしょう。女の人は怖いなぁ」

なんだかとても楽しそうだ。

お能好きは呪いと恨みの話がお好みなのだろうか。赤い猩々がそんなにお気に召したのなら、いっそ色とりどりの物の怪を並べたらどうだろう。

いやいや、それはまずい。

猩々はひとつだから、気味悪くてかわいいのだ。

「考えていますね」

杉崎は小萩の目をのぞきこんだ。

「はい。ずっと。でも、浮かばないのです」

「私もそういうときがあります。習ったことで頭がぱんぱんになっているんです。それを一回、全部忘れる」

「忘れるんですか？」

もったいない。今までの努力がむだになる。

「いいんです。残ったものが本筋です」

「はあ」

「楽しみにしています」

杉崎は行ってしまった。

あれやこれやと時間をくってしまったので、見世に戻ったころには、あたりはうす暗くなっていた。のれんを下ろした牡丹堂の前に男の姿があった。背はさほど高くないが、肉の厚い背中が見えた。町人髷を結っている。

「うちの見世に御用ですか？」

小萩は声をかけた。

男ははっとしたように振り向いた。

丸い顔に丸い鼻、小さな目の人の良さそうな顔立ちに見覚えがあった。

須美の元の亭主、天日堂の主人の万太郎ではないだろうか。

「私は見世のものです。御用があれば承りますが」

小萩はたずねた。

「いや、その……」

万太郎は口ごもる。やがて意を決したように目をあげた。

「こちらに須美さんという人が働いていると聞いてやってきました。取次ぎをお願いできますか？　万太郎が来たと言ってください」

「少々お待ちください」

裏に回って台所から中に入ると、須美がいた。

「須美さん、あの……」

言いかけた小萩の言葉を遮るように須美は自分の口に指を立てた。

「外に万太郎さんが来ているでしょ。申し訳ないけれど、私はいないと言って。出かけて戻らないと伝えてください」

「会わないんですか？」

「会いたくないの。会っちゃいけない。だって、私はもう家を出た人間なのよ。会うのなら間に人を立てるとか、ちゃんと手順を踏むべきでしょ。こんな風に、夜にまぎれてこそこそ会いに来るなんておかしいわ」

須美は眉をひそめて言った。

「そうですよね。それはおかしいわ」

小萩は外に出た。万太郎は見世の脇の暗がりに身を隠すように立っていた。

「申し訳ありませんが、須美さんは出かけてしまっていて、今日はこちらには戻りません」

万太郎は肩を落とした。

「そうですか。ありがとうございます。お手間をおかけしました」

万太郎は背を向けて歩き出した。ふと、振り向くと言った。

「須美に、私が来たことを伝えてください。万太郎が会いたがっていた。大事な話があると言っていたと」

「分かりました。伝えます」

小萩は頭を下げた。

二

次の日、お福のひと言で大福づくりはやめになった。

「今日、弥兵衛さんとあたしは新しい家に引っ越すことに決めた。朝餉がすんだら、すぐ移るからみんな手伝っておくれ」

昼のご飯はいわしの煮つけだよというような、いつもの言い方だった。

「今日、これから？」

幹太が大きな声をあげた。

「そりゃあ、また、急な話だなぁ」

留助がつぶやいた。

伊佐も驚いて目をしばたたかせた。

「なに、荷物はたいしたことねぇんだ。大八車を借りる手はずをしているから、おめぇたちで何度か行って戻ってくれればすんじまう」

弥兵衛が言う。

「見世は半日閉めることになるが、急ぎの仕事はないから、大丈夫だ」

あらかじめ話が通っていたのだろう。徹次も落ち着いた様子で答えた。

「持って行く荷物は押入れにまとめてあります」

須美がはきはきと答えた。

朝餉の後、小萩と幹太が押入れを開けたら、柳行李と風呂敷包みがまとまってきれいに並んでいた。台所の鍋や釜、水屋箪笥に積み重なっていた皿小鉢が片付いていたから、向こうに持っていくものは荷物になってまとまっているのだろう。

「さすが須美さんだなぁ。ばあちゃんとおはぎじゃ、取っ散らかるばかりで、いつになったら引っ越しができるかわからなかったよ」

幹太が憎まれ口をきく。

伊佐が約束していた大八車を向かいの味噌問屋から借りて来た。

大きなものは箪笥が二つと文机。そのほかは柳行李と風呂敷包みにまとまっている布団に着物、鍋釜や皿小鉢、弥兵衛の釣り道具である。留助と伊佐、幹太が大八車を引いて何度か往復し、須美と小萩で押入れや戸棚にしまったら、昼前にはすっかり片付いてしまった。

向こうの家は平屋だが部屋が四つ、庭もあって日本橋の家よりも広いくらいである。

「なんだか、がらんとしているけど、これでいいのか？」

幹太が弥兵衛にたずねた。

「いいんだよ。あっちの家は荷物が多すぎた。何がどこにあるのか分からないよ。こっちは無駄なものがないから、すっきりして気持ちがいいよ」

柱に寄りかかり、どっかりとあぐらをかいた弥兵衛が言った。

「着物も思い切って整理したしね。あたしたちみたいな年寄りは、もうそんなにいろんなものはいらない。寝るところがあればいい」

お福もこころなしかのんびりとした顔をしている。

小萩はお福に言われて、台所脇の一間に布団を一組持って行った。

「ここには、だれが来るんですか？」

「須美さんだよ」

お福は当然という顔で答えた。

「須美さんの長屋に元のご亭主が押しかけてきて大変みたいなんだよ。それで、今は知り合いのところに身を寄せているんだ」

だが、そこも長くはいられない。

「だったら、ここに来てもらったほうがいいだろ。ここなら見世も近いしね」

それで引っ越しを急いだのか。

「まあ、いずれ事情はみんなにも伝わることだけどさ。あんたには先に耳に入れておくよ」

お福は言った。

みんなで引っ越しそばを食べていたら、川上屋の冨江とお景が折り詰めを持ってやって来た。どうやらお福が知らせたらしい。

「おめでとうございます」

冨江が言った。

「なにがおめでとうだよ」

お福が笑った。

「あら、この場合、やっぱりおめでとうと言うんじゃないんですか？　念願の隠居所をかまえることになったんでしょ。これからお二人水入らずでしょ」

お景が軽口をたたく。

「いや、まったくそうだよ。このところずっとお福の顔をまともに見ていない」

弥兵衛が言えば、お福は「若いころならともかく、こんなしわだらけになってから見たってしょうがないでしょう」と返す。

やっぱり、弥兵衛とお福は仲が良さそうだ。

そうこうしていると、千草屋の主人の作兵衛が角樽を提げてやって来た。

「おめでとうさん。しかし、今までだって好き勝手してたのに、なんで今頃、隠居所なんかつくるんだ」

「あんなのは序の口だよ。これから本腰を入れて隠居するんだ」

弥兵衛が答える。

「そうだな。その方が、徹次さんもやりやすいな」

感慨深げに作兵衛がつぶやいた。

隠居所を構えて、弥兵衛とお福が移ることで、二十一屋の主人は徹次であると世間にも、見世の者たちにもはっきりと示した。見世のかじ取りは徹次の仕事だ。お福は口をはさむことは控えるだろう。

笑い声が聞こえたので小萩がそちらを見ると、冨江と須美が何か楽しそうに話をしていた。

「須美さんを紹介してもらってよかったよ。ほんとうに助かっている」

お福はお景に礼を言っていた。

「そう言っていただけると、私もうれしいわ」

お景が笑顔で答えた。

昼遅く、宴（うたげ）はお開きとなり、客たちは帰った。須美は片付けが残っているからと隠居所に残り、小萩は徹次たちとともに一足先に牡丹堂に戻った。

ひとしきりお客でにぎわい、その波が去ったとき、骨ばった体つきの背の高い男がやってきた。

「ごめんくだせぇ。こちらにごやっかいになっている、須美の兄でございやす」

目元が須美に似ていたが、えらの張った顔立ちが一本気な職人らしい感じがした。弥一と名乗った。

「須美さんは今、出かけています。もう少ししたら、戻ると思いますけど」

小萩が言うと、「いや、須美ではなくて、徹次さんと話をしたい」と答えた。

座敷に通し、徹次が前に座ると弥一は居住まいをただし、「先日はうちに来ていただいてありがとうございやす」とていねいに挨拶をした。

「じつは、他でもない須美のことなんですがね。天日堂の万太郎さんが突然うちに来て、須美に戻って来てほしいってんですよ。須美はそちら様のご不興をかってこっちに帰って来た。幼い息子も泣く泣くおいてきた。猫の子じゃあるまいし、そっちの都合で出ていけだ、戻って来いだと言われちゃ、須美もかわいそうだって、親父が怒りましてね。追い返しちまったんですよ」

「そうですか」

徹次は渋い顔になった。

「どうも、このところ、須美がいる長屋に行ったり、つきまとっているらしい。こちらさんにもご迷惑がかかっているんじゃねぇかと思いやしてね」

小萩はお茶を用意しながら、二人の様子をちらちらと見た。

万太郎が見世の前に来ていたのは、そういうことだったのか。話からすると、少し前から、何度か見世にも来ていたのかもしれない。

「その話は須美さんから聞いております。長屋を出て、知り合いの家に身を寄せているそうじゃねぇですか。ちょうど、うちはおかみたちの隠居所をつくることになっていた。そっちは部屋も空いているからしばらくそこに落ち着いてもらうことにしたんですよ」

「そうですか。ああ、そんならよかった」

弥一は安心したような顔になった。

「親父は一度言い出したら聞かねえから、金輪際、うちの敷居はまたがせないなんて怒るし、向こうは向こうで話を聞いてもらえるまで百日でも通うなんて言い出すし、まったくとんだ深草少将だよ」

深草少将は小野小町の元に百夜通うと誓いを立て、九十九夜に恋の苦しさから死んでしまう男だ。

小萩は目の小さな、人の良さそうな万太郎の顔を思い浮かべた。そんな風にひとつのことを思い詰める人なのだろうか。

「別に乱暴はしねぇんだろ？」

「しませんけどね。雨戸を閉めようとふっと外を見ると、あの男が立っていたりするんだ。気味が悪いったらねぇよ。仏具屋ってのは大きな商いだから、見世を空けてもどうってこたあねぇかもしれねぇけど、こっちは一日見世に座ってお客の相手をしたり、判子を彫ったりしているからさ」

「そうだな。しかし、こっちには来てなかったようだ」

「親方が強そうだからじゃねぇですかい？　男手も何人かいるんでしょ。こっちは男はあっしと親父だけだから」

弥一は苦く笑った。

「須美は昔っから、言い訳ってのをしねぇんだ。潔いって言えばいいのかね、家に戻って来たときも何にも言わねぇ。離縁された。子供をおいてきた。それだけなんだ。親父は気が短けぇから、もうそれだけで怒ってさ。みっともなくて世間様に顔向けができねぇ、家にも置いておけねぇなんて怒鳴った。狭い家で俺は女房子供もいるから、須美の居場所がねぇ。長屋に行ってもらったんでさ」

「立ち入ったことを聞くようだけど、須美さんはなんで、天日堂を離縁されたんだ？」

徹次がたずねた。

小萩は二人の前にお茶をおきながら、思わず聞き耳を立てた。

「あいつが何も言わねぇんで、まぁ、それも周りから聞いた話なんだけどさ、天日堂の先代ってのは偉い人だったらしい。その信用ってもんで商いが続いていたんだね。ところが先代が亡くなって万太郎さんが後を継いだ。親父さんのようにはいかなくて、お客は減るわ、番頭が辞めるわでたちまち左前になった。それで、須美のやつ見世の仕事をするようになった」

貸したままになっている金を返してもらい、古いおなじみに頭を下げて戻って来てもらった。

「金のことであれこれ言われて離れていくお客もあったけど、新しいお客もつかんだ。一年半かそこらで盛り返したんだ。ところが、それが、気に入らねぇってんだな」

どうしてなのだ。そこがわからない。

小萩は弥一の顔をながめた。徹次も同じ思いなのだろう。首を傾げた。

「だれだって不思議だ。褒めてやればこそ、追い出す理由がねぇ。よくよく聞いて驚いたよ。つまりね、女房が出しゃばると亭主の立つ瀬がないってんだ。自分は陰に回って、亭主を立てるのが嫁の務めだって言うんだな」

「見世のために一生懸命働いたのに、それを出しゃばりと言われちゃ、それこそ須美さんの立つ瀬がないなぁ」

徹次は気の毒そうな顔になった。

「お武家のしきたりはそうなんですと。だけど、仏具屋はお武家じゃねぇや。商売屋じゃねぇか。なにを勘違いしてるんだよ」

弥一は本気で腹を立てていた。

「それはお姑さんが言っていることなんだろ。亭主はどうなんだ」

徹次も少し業腹になっているらしい。

「その万太郎が言ったんだとよ。てめぇはお客に頭を下げらんねぇ、借金の取り立てなんてできねぇって逃げ回ったのに、女房が金を返してもらってきたらへそを曲げた。見世のもんが、若おかみ、若おかみって頼りにしたのも気に入らなかったって話だ。見世が元通りになったと思ったら、吉原通いがはじまった。馴染みの女ができたんだとよ」

須美が言っていた、ぎくしゃくしたというのは、そのことか。

弥一はぐいと茶を飲んだ。徹次も飲み干す。

小萩は新しい茶をついだ。

「須美は、ほら、竹を割ったような奴だから、それじゃあ仕方がないって離縁した。一人息子はかわいい盛りだ、連れて出たかったと思うよ。だけどさぁ、悲しいじゃねぇか。向こうにいれば、坊ちゃんって大事にされて、いずれは跡を継がせてもらえるかもしれねぇ。戻ってきたって、うちは小っちゃな判子屋だ」

育ちのいい子供だから、今さら判子職人になれといわれても、修業はつらいに違いない。いろいろ考えて、須美は大輔を残すことにしたのだろう。

「そういうことか」

徹次は遠くを見る目になった。

二人はしばらく黙った。

「それで、あんたはどう思っているんだ？　向こうさんが百日でも通うって言ってくれてるんだ。須美さんのことを今度こそ、大事にするって心に誓ったんじゃねぇのかい？」

徹次がたずねた。

「そうなんだよねぇ。元のさやに納まれば息子とも暮らせるわけだし。天日堂と言えば、ちっとは知られた見世だからさ。須美はやっぱり、あの見世に戻った方が幸せなんじゃねぇかと思ったりすることもあるんだよ」

弥一はそこで首を傾げた。

「ああ、だけど姑がいたな。まだまだ元気なんだそうだ。戻ってもいびられるだろうなぁ。そいつはかわいそうだ」

二人は顔を見合わせて苦く笑った。

「しっかりものの須美さんのことだ。自分のことだけじゃなくて、息子や天日堂にとって、なにが一番いいのか、よくよく考えて決めると思うよ」

徹次が言った。

「そうだよな。あいつは俺なんかよりよっぽど頭がよくて、考えが深いんだ。こっちがあれこれ心配することはねぇな。どういう話になっても、温かく見守ってやってやるよ」

弥一はふっきれたように笑った。

「いずれにしろ須美さんはうちで働いてもらっている人だ。万太郎さんが来たら、俺が話をする。迷惑だなんてことは金輪際思ってねぇから」

「そう言ってもらえると安心だ。よろしくお願ぇしやす」

弥一は何度も頭を下げて帰って行った。

行き違いのように弥兵衛とお福と須美がやって来て、夕餉になった。

「今日は昼がごちそうだったから、夜は軽くしてもらったよ」

お福の言葉通り、目刺しとごぼうとにんじんのきんぴらにかぶと油揚げの汁、ぬか漬けとなった。

それでも、みんなそろってのご飯はおいしい。

向こうの家は広くていいだの、裏庭に畑をつくるなら野菜は買わなくてすむとか、話がはずんでにぎやかになった。

「そういやあ、小萩、例の山野辺藩の菓子はまとまったか？　そろそろ持って行ったほうがいいんじゃねぇか」

突然、弥兵衛が言い出した。

「この前、花沢流の師範のところに行って話を聞いてきましたから、これから考えるところです」

困った顔で小萩は答えた。

「あんまり待たせるとな、向こうの熱が冷める。時間をかけたからいいもんができるってわけじゃねぇんだ。勢いが大事だ」

「はい」

「明日あたり、持って行けねぇか」

「明日ですか？」

そんな急に言われても困る。小萩は驚いて目をしばたたかせた。

「あれから何日経った？　今までたっぷり時間があっただろう」

弥兵衛は当然という顔をしている。

「そうだな。明日持って行くのは難しいとしても、今晩中に考えをまとめられねぇか。明日の朝、見せてもらうから」

徹次が言った。

横にいた幹太がぐいと肘でついた。

「じいちゃん得意の尻に火をつけるってやつだ。そうやって無理やりしぼり出させるんだ」

「ああ、俺もやられたことがある。だけど、それは期待しているってことだからな」

伊佐が低い声で言った。

「安心しな。相談に乗るからさ」

留助が目交ぜ（めま）で言う。

洗い物は須美に任せて小萩が仕事場に行くと、留助が菓子帖の束をおいた。小萩がいつも眺めているお葉の菓子帖とは別に、折々つくった菓子を記録したものだ。

「まぁ、とりあえずはこれを眺めてみようぜ。一から考えるより、今まであるやつにちょいと手を加える方が手っ取り早い」

小萩は少しうらめしい気持ちで留助を見た。

そんなことは分かっている。けれど、今まであるようなものではなく、小萩にしか考えられないものをと言われている。だから、あえて菓子帖を見ないようにしていたのだ。

「同じもんをつくろうってんじゃねぇんだ。眺めてるとさ、いろいろ浮かんでくるだろ。それがいいんだよ」

小萩と留助が菓子帖を眺めていると、伊佐と幹太もやって来た。

「演目はなんだった？」

伊佐がたずねた。

「この前みんなで決めたのは『高砂』、『安宅』、『道成寺』、『石橋』、『杜若』の五つです」

小萩は答えた。

「能の決まり事があるんじゃねぇのか？　それにあっているのか？」

「えーと、たしか……」

小萩は津谷の話を書き留めた帳面を開いた。

「一日に五曲を上演することを五番立能と呼ぶそうです」

その場合の決まり事に決めた五つの演目をあてはめると、一番目物の神物にあたるのは『高砂』。二番目物の武将をシテとする修羅物はなく、三番目物の女が出てくる鬘物が『杜若』。四番目物の雑物は『道成寺』と『安宅』。で、五番目物の鬼物は『石橋』となる。

「五番立能にあてはめると、修羅物がなくて、雑物は『道成寺』と『安宅』です」

「そういう決まり事は大事だな。通な感じがする」

留助が言う。

「おはぎ、わざわざ花沢流まで行って来た甲斐があったじゃねえか」

幹太が肘でつついた。

「それじゃあ、私に決めさせてください。修羅物は源義経が登場する『八島』、雑物は『道成寺』でいきます」

「よし、わかった」

伊佐は津谷から借りた『八島』の教本を手に取った。

小萩は引き続き菓子帖を眺めた。

やはり花を題材にしたものが多い。山吹、藤、牡丹、紫陽花と続く。その間に、都鳥や蝶がはさまる。夏の菓子に琥珀、滝などにちなんだものもあるが、数は少ない。

考えてみれば当たり前だ。

雪月花。花鳥風月。

花は菓子の王道なのだ。

「留助さん、やっぱり花にからめましょうか」

小萩が言うと、留助は「ほら、俺の言ったとおりじゃねぇか」という顔になった。

「別に留助さんを信じてなかったわけじゃないんです。お能のことも全然分からなくて雲をつかむようで、気負っていたし、だから……」

「いいんだよ。分かってくれたんならさ。それで、どうする？」

「『道成寺』は桜です。『石橋』は牡丹、『高砂』はお正月などおめでたいときに演じられるそうなので……」

「松か？」

幹太がつぶやく。

「あ、でも、箱に舞台を模して松を描こうかと思っています」

「じゃあ重なるな。めでたいといえば松竹梅。梅でどうだ？」

留助が言う。

「『八島』に花は出てこねぇ。月でいいか？」

伊佐がたずねる。

「いいんじゃねぇか、月で。一つぐらい、花じゃなくても」

留助があっさりと答えた。

「じゃあ、決まりだ。次は菓子を選ぶのか。そのまま使うってわけじゃなくて手がかりってことだな。気楽にいくぞ」

伊佐が菓子帖に手をのばす。

「はい。お願いします」

小萩は答えた。

それから四人でしばらく菓子帖をながめた。

最初に声をあげたのは幹太だ。

「おはぎ、『高砂』の梅に錦梅（にしきうめ）はどうだ？」

正月の祝い菓子によく使われる梅の菓子で、ふっくらとした五弁の花びらには紅色のぼかしが入り、堂々として気品のある姿だった。

「『道成寺』の桜は干菓子でいきてえな。花吹雪だからな」

留助が言った。

「入相（いりあい）の鐘に、花や散るらん、花や散るらん」と謡いながら女が狂ったように激しく舞う場面があるのだ。

「『八島』の月はこれかなぁ」

伊佐が選んだのは「夜半の月」という菓銘の丸い形の煉り切りで、草原にぽっかりと丸い月が浮かんでいる穏やかな風景を描いている。

「私は『石橋』の牡丹はきんとんがいいと思いました」

毛糸玉のような丸い姿は、仕上げ方によっては獅子を思わせるようにもなるだろう。

「『杜若』はそのままでいいと。よし、これで五品そろったな」

留助が手を打つ。

小萩は紙を広げて菓子の絵を描いた。

梅に桜、牡丹、杜若、それに月。五種類のきれいな菓子が並んでいる。ここに能を重ねていくのだ。

「小萩は能はどういうものだと思うんだ？　奥の方々は能のどこにひかれているんだ？」

伊佐がたずねた。

「お能は神々しくて……」

言いかけたときに、「女の人は怖いなぁ」と言ってむふふと笑った杉崎の顔を思い出した。

真剣な面持ちで足を運ぶ大輔の姿が浮かんだ。

目を輝かせて説明する津谷の顔が見えた。

不思議な音調の謡いは腹に響くような力強い声なのに、聴いているとふわふわと体が浮いてくるようで、気持ちよくて眠ってしまいそうになった。

そうだ、楽しい菓子をと言われたのだ。

赤い猩々が気味悪くてかわいいとお気に召したのだ。

神々(こうごう)しさに襟を正し、物語の最後に語られる仏の話に心洗われる。それが能だ。だが、能の面白さはそれだけではない。奥の方々も嫉妬と恨みで己を失う姿におののいたり、悲しい運命に涙したり、謡いの声の気持ちよさにうっとりしたに違いない。

「お能ではこの世とあの世がいっしょになって、天国が見えたり、地獄に落ちたりするんです」

「はぁ、なんだよ、それ」

幹太が素っ頓狂な声をあげた。

「本当の花の姿や色にとらわれず、物語を映してください。『石橋』の牡丹は金色に輝いて、『道成寺』の桜は泣いているみたいに、『八島』の月は悲しい結末を予言するんです」

「悲しい結末かぁ。難しいなぁ」

伊佐は首をひねる。

「な、金色の牡丹は俺にやらせてくれ」

幹太が手を伸ばした。

「よし、つくってみようか」

留助が立ち上がった。

「そうだな」「よし」

伊佐と幹太も腰をあげた。

「これから？　もう遅いわよ」

小萩は驚いて言った。

「見本だろ。一人一個つくればいいんだ。すぐだよ」

幹太はそう言うと、いちばん目の粗い竹で編んだきんとんぶるいを取り出した。紅色に染めたあんと金色に見えるくらい明るい黄色に染めたあんを重ねて、肉の厚い親指の付け根でぐいと押すと、太いそぼろがこし出された。先の細い箸であん玉にこんもりとなるよう植えていく。

「ちょい、ちょい、ちょい。ほら、できた」

台の上には、中心は鮮やかな紅色で先に向かっていくにしたがって金色に変化するきんとんが並んだ。

小萩は目を見張った。

以前は二人並んで徹次に教わっていたのに、いつの間にこんなに腕をあげたのだろう。

伊佐は漆黒の煉り羊羹を四角く切っている。そこに月に見立てた銀箔をのせた三日月形の白い薯蕷煉り切りと波に見立てた群青色の羊羹を並べ、錦玉液を流している。

冷たく暗い海になった。

あの、のどかな夜半の月から、どうやってこの菓子を発想したのだろう。

留助は干菓子で薄い桜の花びらをつくっていた。砂糖と米の粉を混ぜた真っ白な生地を桜の花びらの型で抜く。手で少し曲げて表情をつけてから台の上に並べると、紅色の色粉を溶いた水を筆にふくませて、ぱっと散らす。

今まで、そんなことをしているのを見たことがない。そう言うと、「今、思いついたんだよ」と留助は答えた。

幹太は錦梅にとりかかっていた。紅色ではなく、巫女の袴のような朱赤だ。

小萩も杜若をつくってみたくなった。

今あるものよりもう少し青味のある、淋し気な色にしたかった。

白い煉り切りの生地を取り出し、青の色粉を溶いて、少し加えたらへらでのばす。思ったより濃くなった。青一色ではなく、ほんの少し赤と黄を混ぜると、色に奥行きがでる。分かっている。頭の中にちゃんとその色はある。だが、どんどん遠のいていく。濁って、汚い色になった。

「どうしたいんだ?」

伊佐に聞かれた。

「杜若を、今あるものよりもう少し青味を出したいんです」

「こんな感じか？」

伊佐がへらで一なですると、白から青、さらに薄紫へと変わる虹ができた。

「このあたりの色で」

小萩が言うと、伊佐はたちまち杜若を仕上げた。

「これで五つできたか？」

留助がたずねた。

「できた、できた。並べてみようぜ」

幹太がうれしそうな声をあげた。

「いいんじゃねぇのか。どこか不思議で、この世のものでない感じがするな」

伊佐も満足そうだ。

「きれいです。私が思っていたものの何倍も素敵。ありがとう」

そう言いながら、小萩はなぜか涙が出てきた。

「なんだよ、おはぎ、どうしたんだ？」

幹太が驚いてたずねた。

「感激してるの」

　半分は本当だ。でも、半分は悔しくて、悲しかった。

　もっとできると思っていた。けれど、ぜんぜんだめだ。まるで素人だ。

「菓子をつくりたくて江戸に来たのに、二年も過ぎたのに私は何も覚えていない。頭の中に菓子があるのに形にならない。口で言うだけならだれでもできるわ」

　そう言うと、さらに涙が出た。

　自分は何をしてきたのだ。

　菓子帖の絵はなんだ。つくれない菓子の絵になんの意味があるのだ。

　うぬぼれて、口先だけ偉そうに語っていたのか。

「そんなことはねぇよ。俺は一から考えるのは苦手なんだ。だけど小萩が絵にしてくれて、こういう意味なんだって説明してくれるとつくれるんだよ」

　留助があわてて髪をなでた。

「なんで泣くんだよ。この菓子はおはぎがいたからできたんだよ」

　幹太が手ぬぐいを渡してくれた。

「ずっと一人で抱えて、あれこれ考えていたんだもんな。心配だったんだろ。でも、ここまでできたんだ。よかったよ」

留助がなぐさめる。

「そうだけど……」

弥兵衛の言ったとおりだ。小萩は職人ではない。これからもそうだ。自分にしかできないことを探せといわれたけれど、やっぱり菓子がつくりたい。もう少し力をつけたい。

「あんまり自分が何もできないんで、情けなくって」

「なんだよ。そんなの全然気にすることねぇよ」

幹太が笑った。

その時、それまでずっと黙っていた伊佐が大きな声をあげた。

「いいじゃねぇか。今のままで」

突き放すような冷たい言い方だった。

小萩は驚いて顔をあげた。

「もともと不器用なんだ。なにも無理して職人の真似をすることはねぇんだ」

「伊佐兄、そこまで言ったら、おはぎがかわいそうだよ。一生懸命やってるじゃねぇか」

幹太が声をあげた。

「そうだよ。旦那さんだって親方だって、小萩にできることを考えて道をつけてやろうとしているんだよ」

留助も言葉を添えた。

「不器用なのは分かっているけど。私は職人の真似をしたいわけじゃなくて……。そんな中途半端な気持ちじゃなくて……。だから……」

言いかけた小萩の言葉を伊佐は遮った。

「男と女は違うんだ。女には女の仕事ってのがあるんだ。適当なところでやめておけ。その方が小萩には幸せだ」

きっぱりと言い切った。

「でも……」

どういう意味だろう。何を言いたいのだろう。小萩は伊佐の顔を見つめた。留助も幹太も困ったような顔で伊佐と小萩の様子をながめている。

「お葉さんは菓子をつくっていたじゃない」

「あの人は特別だ。弥兵衛さんの娘で天分に恵まれていた。子供の頃から仕事を見てた。俺たちとは違う。だけどそれでも、子供を育てて見世に立って、その上菓子までつくるのは大変だった。無理をした。仕事場は冬は寒くて夏は暑い。重い物も運ぶ。この仕事は女には向かねぇ。そういうこった」

伊佐は口をへの字に結んでいた。

小萩は何も言えなくなって、足元を見た。胸の中に大きな冷たい石が入っているような気がした。

翌朝、小萩たちは弥兵衛と徹次に菓子を見せた。

「おお、いいじゃねぇか」

弥兵衛はそう言いながら小萩の顔をちらりと見た。

「それで、なんで目が腫れてる？」

「ゆうべ、遅かったんで」

「そうか」

それ以上は何も言わない。

徹次も黙っている。菓子の仕上がりに満足そうな顔をしていた。

小萩は材料屋に注文しておいた松の枝を描いた木箱を取りに行き、菓子をつめて弥兵衛とともに山野辺藩の上屋敷に向かった。

いつものように台所役の勝重と頼之が応対した。

「ご依頼の菓子の見本ができあがりましたのでお持ちいたしました」

弥兵衛が差し出す。

「おお、そうか、できたか。待っていたぞ」

答えたのは頼之の方だ。隣の勝重は鷹揚にうなずくだけだ。

白木の箱の蓋を開けると、内側には緑の葉を茂らせた枝ぶりのよい松の樹が描かれている。

「能舞台を模しました」

弥兵衛は言って、細筆で演目を書いた栞を差し出した。

「五番立能に沿って、それぞれゆかりの花や月で表しております」

「ほう。『道成寺』か」

頼之が興味深げに言う。

「『八島』もあるか」

いつも渋い顔をしている勝重の口元がわずかにほころぶ。やはり、お武家はお能が好きらしい。小萩の口元もゆるむ。

「まあ、ともかく」

そう言って頼之が咳払いをした。

「奥で催される宴のための菓子なのでな、なんと申されるか」

頼之は菓子を持って部屋を出て行った。

残された勝重は相変わらず渋い顔で座っている。何も言わない。弥兵衛も黙っている。

少し、いや、かなり気づまりだ。

相当に待たされて、頼之が戻って来た。

「楽しい趣向だと喜ばれた。このまま大きな箱にしてもらうことはできるだろうか？」

「はい。もちろんでございます」

答える弥兵衛の口元がほころんでいる。

「それぞれ十個入りにしたものを五箱頼む」

「かしこまりました」

小さいと聞いたが、大きな宴ではないか。

「松も忘れずにな。それがないと能舞台の意味がなくなる」

頼之が念を押した。

弥兵衛といっしょに小萩も深く頭を下げた。

「よかったな、小萩。うまくいった」

山野辺藩の屋敷を出ると、弥兵衛が言った。

「昨日、留助さんと伊佐さんと幹太さんがつくってくれたんです」

「そうか。小萩がつくったのもあるのか?」

弥兵衛は小萩の顔をちらりと見た。

「ありません。私の腕では豆大福がせいぜいです。見本になんかなりません。頭の中ではこんな色、こんな形って思うんですけど、いざつくろうとすると全然違ったものになってしまうんです」

「そうか」

湿気を含んだ重たい風が吹いている。いつの間にか季節は過ぎて、早くも梅雨の気配がした。

「伊佐さんに言われました。男と女は違うんだから、無理して職人を目指すことはない。その方が幸せだって」

「幸せかどうかなんてこたぁ決めるのは自分なんだ。伊佐の考える幸せとおめえの考える幸せは違うんじゃねぇのか? 人の幸せに自分を合わせることたあねぇよ」

「そうですけど……」

「なんだ、ちょっとだれかに言われたぐらいで気持ちがぐらつくのか、おめぇの覚悟ってのはその程度のもんなのか」

「違います。今まで、そんな風なことを伊佐さんから言われたことはなかったから。どういう意味なんだろうって気になったんです」

弥兵衛はしょうがねぇなぁというように首をふった。

「伊佐はさ、親父はいねぇ、お袋さんは逃げちまった。だから、家族ってもんに憧れがあるんだよ。自分が親父になったら、子供にこんなことをしてやりたい。女房はこうであってほしいって思っている。その気持ちはほかの奴の何倍も強いんだ」

伊佐が思い描く家族の中に、小萩の姿はあるのだろうか。

小萩はちらりと、そんなことを考える。

そんな風に思ってくれていたらうれしい。

けれどそこにいるのは、小萩が憧れている川上屋のお景やお福のような女ではないだろう。伊佐が求めているのは、やさしく温かく家族を見守る「いいおっかあ」なのだ。

「いいおっかあ」になることと、菓子を習いたい、仕事にしたいという小萩の夢は両立するのか。

両立するかしないかではない。伊佐は「いいおっかあ」を望んでいるのだ。

いつか、どちらかを選ばなくてはならない時が来るのだろうか。

菓子か、「いいおっかあ」か。

どちらも大事だ。どちらかなんて決められない。

ことり。

胸の奥で小石が転がったような気がした。

母のお時の顔が浮かんだ。

小萩の口が勝手に動き出した。

「おかあちゃんはおとうちゃんといっしょになるために、三味線をあきらめたんです。子供の頃から三味線が大好きで筋もよくて、向島の芸者さんの内弟子になって毎日毎日お稽古して、三味線で食べていかれるぐらいになったんです。だけど、鎌倉のはずれの田舎だから、おじいちゃんもおばあちゃんも三味線を弾くような女はだめだって言ったから……」

弥兵衛は足を止めて小萩の顔をしげしげと眺めた。

「そうだったな。お時さんは三味線が好きで上手だったんだよな。それを、すっぱりあきらめたんだろ。そりゃあ、よっぽどの決心だよ」

小萩はうなずいた。

お時は三味線を弾かないと決めたとき、どんな気持ちだったのだろう。悲しかっただろうか。苦しかっただろうか。

お時のことだ。一度決めたら、後ろを振り向くことなどなかったのかもしれない。

「だれでも歩く道は一本だからなぁ。分かれ道に来たらどっちか選ばなくちゃなんねぇんだ。苦しくってもな。だから、そん時には覚悟ってもんがいるんだ」

弥兵衛は穏やかな声でやさしい目をして言った。

三

夕方、牡丹堂に二人の男がたずねてきた。

一人は天日堂の主人、万太郎。もう一人は白い髪の老人と言っていい年頃の男で、万太郎の大伯父、材木商をしている岩衛門（がんえもん）と名乗った。

「こちらに須美さんが働いているとうかがいました。突然のことで無礼ではございますが、お願いがあってうかがいました」

岩衛門はていねいに挨拶をした。福々しい顔立ちで着物も上等なものだ。物腰もおだやかで裕福な商人ということがうかがえる。

黒紋付の羽織を着た万太郎も生真面目な顔をしていた。

改めて見る万太郎は体のわりに小さな目をしばたたかせて、どこか気の弱そうな感じもするが、肉の厚い体は堂々として大きな見世の主らしい様子だった。

小萩は奥の座敷に案内し、徹次を呼んだ。

「須美さんのことといいますと、どのようなご用件でしょうか」

「ご存知のことと思いますが、須美さんには二年前、天日堂との縁を切っていただきました。そのことについては本当に申し訳なく思っております。万太郎もすべては自分の不甲斐なさから起こったことだと深く反省しておる。もう一度、天日堂に戻っていただくよう、労を執っていただけませんでしょうか」

岩衛門と万太郎は頭を下げた。

徹次が困惑した表情で答えた。

「そういうことなら、こちらではなく、実家に行かれた方がいいんじゃねぇんですかい？うちはたしかに雇い主だけれど、口をはさむことじゃねぇですから」

小萩はお茶を用意しながら、徹次の様子を見守った。須美は台所にいる。万太郎が来たことも伝わっている。呼べといわれたら、すぐにも迎えに行くつもりだ。

「いやいや、こういうことは間に人を立てて、手順を踏んで進めるべきものなのですが、万太郎の奴はひとりでご実家に出向いて、御尊父様のご不興をかってしまいました。その上、須美さんの気持ちも考えず、会いに行こうとした」

困ったものだというように岩衛門はため息をつき、隣で万太郎は体を小さくしている。

「年ばかり取っておりますが、私からみるとまだまだ未熟者。須美さんのような方こそ、天日堂に必要だ。金（かね）のわらじを履いて探すべき人だ。自分の不始末は棚にあげ、一時の怒りにまかせて追い出すなど何事だとよく言って聞かせました」

岩衛門は諄々（じゅんじゅん）と説く。万太郎はまた、深々と頭を下げた。

「須美さんはどうしている？」

徹次が小萩を振り返った。

「今、声をかけてきます」

小萩は台所に向かった。

須美は台所の隅に座っていた。

「万太郎さんがいらしています。会いますか？」

小萩の言葉に須美は唇を噛んでうつむいた。

「そうね。一度は話をしないとね」

決心したように須美は立ち上がると、座敷に向かった。

「ご無沙汰をしております。本日はわざわざ、足をお運びいただきまして、申し訳ございません」

須美は手をついて挨拶をした。須美の姿を見ると、引き寄せられるように万太郎は目をあげた。頬が紅潮し、目がうるむ。視線をはずせないでいる。

万太郎は本当に須美のことが好きなのだと小萩は思った。

「大輔さんも待っていますよ」

岩衛門が言った。

一瞬、須美の肩がふるえた。だが、ゆっくりと白い顔をあげてたずねた。

「お姑様はお元気でいらっしゃいますか？　ご不自由をおかけして申し訳なく思っております」

一瞬、万太郎の目が泳いだ。

岩衛門の表情が厳しくなった。

それで事情が透けて見えたような気がした。

そうか。

房ゑには、やはりまだわだかまりがあるのか。

天日堂に戻って欲しいと願っているのは万太郎と大輔で、房ゑは違うのだ。

ならば戻っても、須美の立場は以前と変わらないのではないか。

小萩は悔しい気持ちがした。

「今までのことは謝る。お前には申し訳ないことをしたと思っている。天日堂が以前と同じく商いを続けられているのは、お前の力があったからだ。許してくれ、この通りだ」

万太郎は頭を深く下げた。

「番頭が辞めてしまった後、お前が若い手代を連れて一軒一軒お客をたずね、事情を話し、頭を下げて金を返してもらった。中には門前払いをする所もあったが、あきらめず何度も通った。昔からの仕入れ先を断った時はひどい言い方をされた。そういうことをずいぶん後になって見世の者から聞かされた。それらはみんな、当主である私がしなければならなかったことなんだ。だけど、私はしなかった。天日堂の商いはそういうことではない。天日堂の名前があればなんとかなると、勝手に思い込んでいたんだ。面倒なこと、苦しいことには目をつぶって逃げていたんだよ」

須美の眼差しが少しやわらかくなった。

「私は弱虫だった。そういう自分を認めるのが嫌で、お前を恨んだ。ついには離縁までした。どうしようもない男だ。だが、恥をしのんで頼む。戻って来てほしい」

もう一度、深く頭を下げた。

「万太郎も、この二年、苦労をしたんだ。それで、少しは大人になった。もう、以前のように房ゑさんの言いなりという訳じゃない。須美さんにしてみたら、今さら何を言うと思うだろう。腹に据えかねることも多々あるに違いない。けれど、私の白髪頭に免じて、水に流してはくれないか」

岩衛門も頭を下げた。

やがて須美は穏やかな表情で言った。

「お二人とも、頭を上げてくださいませ」

二人は顔をあげた。そうして須美の次の言葉を待っている。

短い沈黙があった。

「わがままを言って申し訳ありません。でも、もう少し、時間をいただけないでしょうか」

万太郎の口から深いため息がもれた。岩衛門は目を閉じて考えている。

沈黙が続いた。

「そうだな。今、突然やって来て戻ってほしいと言って、はいそうですかという話ではないな。また、近々、寄らせていただいてもいいかな?」

岩衛門はそう言うと、万太郎を連れて帰っていった。

何日かして、お使いの帰りに小萩が表通りを歩いていると、柳の木の脇で杉崎が饅頭を食べているのが見えた。いつものように洗いざらしの藍色の着物で髷が曲がっている。

「今日はどちらの饅頭ですか?」

小萩は声をかけた。

「そこに新しい菓子屋ができたというので買ってみた。なかなかうまい」

うれしそうな顔をする。

「そうだ。この前の菓子は評判がすこぶるいい。古くからいるお女中が感激して言っていた。『この菓子をつくった人たちは、お能のことを本当によく分かっている』と」

「まぁ」

小萩はうれしくなって頬を染めた。

「いやいや、にわか知識で一晩で考えたものだと思わず言いそうになりましたがね、黙っていましたよ」

「その話、どこから聞いたんですか?」

小萩はあわててたずねた。杉崎はにやにや笑っている。

そうだ。津谷だ。

小萩はあのすぐ後、お礼に一箱持って行った。そのとき内輪話をしたのだ。

「私のふるさとは山深いところだ。ちょっとした広場のような場所があってね、一人の子供が木からひもをぶら下げてそれにつかまって揺らして遊ぶということをはじめた。ある時、見たら、山の猿が同じようにして遊んでいるんだ。子供の猿だったそうですよ。そうしたら、だんだんほかの猿たちもまねして遊ぶようになった。楽しそうに」

「はあ」

「あなたも、そういう猿におなりなさい」

「えっ？」

「新しいことをはじめる人ですよ。そうすれば、後からみんなついてくる。牡丹堂にはいい職人さんがいるんだから、その人たちの力を借りればいい。最初はまねのうまい猿でいいんですよ」

小萩はにっこりした。

ものまね上手な子猿なら、なれるかもしれない。


見世に立っていると、川上屋のお景がやって来た。

若草色の着物の胸元がきらきらと光っていた。

ぴらぴらの金具のついた筥迫はお景の思惑どおりに流行って、このあたりの若い娘の胸元を飾っている。

お景は夏に向かってまた新しい流行りの種を考えているに違いない。

「ああ、お景さん、いいところに来たよ。あんたに聞かせたい話があるんだ」

お福がいそいそと出て来て、「おかみさんの大奥」とみんなが呼んでいる奥の部屋に誘う。

須美がお茶を運んで行った。須美は変わらず手際よく仕事を片づける。どういう心持ちの変化か、毎朝、薙刀の稽古をしているそうだ。

小萩は見世に立ち、仕事場の様子をそっとながめた。

徹次と幹太がかまどの前で羊羹を煉っている。鍋は沸き立ち、白い湯気があがる。きっと二人の額にも汗が浮かんでいることだろう。伊佐が真剣な顔で最中にあんを詰めている。そんなに本気（むき）にならなくてもいいのにと、ちょっとだけ思う。留助はのんきな様子で、黄身時雨の生地を用意していた。

見世のほうにも甘い小豆の香りが流れてきて、小萩は幸せな気持ちになった。

菓子が好きだ。牡丹堂で働くのは楽しい。おしゃれなお景は憧れだ。

小萩は決めた。

――これぐらいでいいなんて、思わない。

いいおっかあにもなりたいし、菓子の仕事も続けていきたい。

先のことは分からない。

でも、今、この時、一所懸命になる。
それが小萩の覚悟だ。
のれんを分けて、また新しいお客がやって来た。

〈主要参考文献〉

『事典　和菓子の世界』中山圭子（岩波書店）
『古今和歌集』佐伯梅友校注（岩波文庫）
『新版　あらすじで読む名作能50選』多田富雄監修（世界文化社）

光文社文庫

文庫書下ろし
それぞれの陽だまり　日本橋牡丹堂 菓子ばなし(五)
著 者　中 島 久 枝

2019年12月20日　初版1刷発行

発行者　鈴　木　広　和
印 刷　豊　国　印　刷
製 本　ナショナル製本

発行所　株式会社 光　文　社
〒112-8011　東京都文京区音羽1-16-6
電話 (03)5395-8149　編 集 部
8116　書籍販売部
8125　業 務 部

ISBN978-4-334-77955-9　Printed in Japan

組版　萩原印刷